BASTEI
LÜBBE

Laure Buisson

Ich liebe dich zu Tode

Roman

Aus dem Französischen von
Inga-Brita Thiele

BASTEI LÜBBE

BASTEI LÜBBE TASCHENBUCH
Band 14 782

1. Auflage: September 2002

Vollständige Taschenbuchausgabe

Bastei Lübbe Taschenbücher ist ein Imprint
der Verlagsgruppe Lübbe

Deutsche Erstveröffentlichung
Titel der französischen Orginalausgabe: BLANQUETTE

Lektorat: Kathrin Blum
Titelfoto: Mauritius
Einbandgestaltung: Tanja Østlyngen
Satz: hanseatenSatz-bremen, Bremen
Druck und Verarbeitung: AIT Trondheim
Printed in Norway
ISBN 3-404-14782-0

Sie finden uns im Internet unter
http://www.luebbe.de

Der Preis dieses Bandes versteht sich einschließlich
der gesetzlichen Mehrwertsteuer.

»Der große Ehrgeiz der Frauen ist es,
Liebe zu erwecken.«
Molière

1. Kapitel

Ich habe meinen Mann getötet. Ja, dich, den einzigen Menschen, den ich geliebt habe, dich habe ich getötet. Noch nicht ganz. Jetzt schläfst du. Ich schaue dich an, du bist schön. Ich habe dir nicht wehgetan, dir nur zum Einschlafen verholfen.

Diese begriffsstutzige Apothekerin! Welch geniale Idee, mich mit ihr anzufreunden. Nach unserem Tennismatch habe ich ihr zu ihrem Sieg gratuliert. 6:3, 6:2. Sie hat nichts geahnt. Seit fünf Jahren gewinne ich das Finale der Damen-Clubmeisterschaft, ohne einen Satz abzugeben. Dieses Jahr habe ich verloren, um zu gewinnen.

Nach dem Spiel, an der Bar im Clubhaus, war es nicht weiter schwierig, das zu bekommen, was ich wollte. Ein bisschen Gejammer über meine Müdigkeit, meine Schlafstörungen, und schon ist sie voll darauf angesprungen.

»Hast du es mit Kräutertees versucht?«

»Ja. Keinerlei Wirkung.«

»Weißt du, woher deine Unruhe kommt?«

»Nein. Ich habe kein besonderes Problem.«

»Gut ... Das bleibt unter uns, aber komm morgen in der Apotheke vorbei. Ich gebe dir Valium.«

In meinem schicksten Kostüm – dem letzten, das du mir geschenkt hast – und geschminkt wie die Protagonistin einer griechischen Tragödie, bin ich in die Apotheke gegangen. Ich bin auf sie zugetreten. Sie hat mir die Schachtel mit den Schlaftabletten gegeben, mir direkt in die Augen geblickt und mich gewarnt: »Aber keinen Unfug damit anstellen. Du weißt, meine Liebe, es ist gefährlich, wenn man die Dosis überschreitet.« Ich habe sie beruhigt, mich herzlich bedankt. Die Stunde, die ich im Badezimmer auf mein Make-up verwendet hatte, war nicht umsonst gewesen. Ich frohlockte.

Auf dem Heimweg habe ich Halt gemacht, um ein Stück Kalbsschulter zu kaufen. Du liebst mein Frikassee. Zu Hause habe ich das Valium zerstoßen. Zerkleinert sahen die Tabletten wie Stärkepulver aus. Ich habe das Gemüse geputzt und das Bouquet garni vorbereitet. Ich habe die Fleischstücke in meinen schönsten Topf getan, sie mit kaltem Wasser bedeckt, gesalzen. Nicht zu stark. Der Arzt hat davon abgeraten, wegen deiner Arterien. Das Wasser hat gekocht. Ich habe es langsam abgeschäumt und Stück für Stück das Gemüse dazugegeben. Ich habe das Ganze auf kleiner Flamme köcheln lassen.

Dann habe ich mich eine Stunde in einem mit Teeöl parfümierten Bad mariniert, eine Antifaltenmaske auf dem Gesicht, einen Spezialbalsam für koloriertes Haar auf dem Kopf. Mein Körper wäre unter deinen Liebkosungen seidenweich gewesen. Ich hatte gehofft, dass wir uns ein letztes Mal lieben würden.

In deinen Bademantel verkrochen, die Augen geschlossen, von deinem Duft berauscht, habe ich geträumt, dass du mich umarmt hieltest. Um ganz von dir eingehüllt zu sein, habe ich meine Haare in dein Handtuch mit Waffelmuster gewickelt, das, mit dem du dich nach dem Rasieren abtrocknest.

Der Küchenwecker hat geklingelt. Das Fleisch war gar. Ich habe es herausgenommen und beiseite gestellt. Welches Kleid sollte ich zu unserem Tête-à-tête tragen? Das schwarze aus Crêpe de Chine. Ich habe mir die Nägel gefeilt und die Beine enthaart. Meine Achseln waren glatt. In der Küche habe ich die Bouillon durch ein feines weißes Tuch passiert, die Butter in einem anderen Topf schmelzen lassen und einen Esslöffel Valium zugegeben. Anstelle der Stärke. Ich habe das Ganze behutsam vermengt, unter Rühren zum Sieden gebracht und darauf geachtet, dass sich keine Klümpchen bilden. Das hasst du. Ich habe das Fleisch zugegeben, einige Minuten warm werden lassen und Sahne und Eigelb untergezogen. Ich habe gekostet. Perfekt. Der Sellerie übertönte die Bitterkeit des Schlafmittels.

Mein Liebster, wie sehr ich dich liebe, dass ich so etwas getan habe.

Du bist müde nach Hause gekommen. Dein Mund hat mich kaum gestreift, bevor du die Post aufgemacht hast. Unsere Tochter hatte dir geschrieben. Dein Luder von Tochter hatte zwei Seiten mit »Papa, ich hab dich lieb« voll geschrieben. Mit ihren 17 Jahren führt sie sich auf wie mit zehn. Ob du einen Whisky wolltest? Nein. Du hattest Hunger. Ich habe dir beim Essen zugesehen. Bissen für Bissen haben meine Augen dich auf deinem Weg zur Ruhe begleitet. Ich habe nichts zu mir genommen. Du bist so an meine chronischen Magenverstimmungen gewöhnt, dass du dich nicht gewundert hast.

Du warst wirklich hungrig, mein Schatz. Du hast alles aufgegessen.

Du bist vor Müdigkeit fast umgefallen. Ich habe dich ins Badezimmer gebracht und dich ausgezogen. Nackte Männer sind hässlich. Du nicht. Ich habe dich in die Badewanne gleiten lassen. Dein Körper ist zusammengesackt und unter den Schaum gerutscht. Um ein Haar wärst du ertrunken. Dich zu waschen war eine reine Freude.

Ich hatte Mühe, dich aus dem Wasser zu ziehen. Im Schlaf warst du schwer. Ich habe dich bis zu unserem Bett geschleppt und sorgfältig abgetrocknet. Deine Haut ist so empfindlich. Schlimmer als bei einem Baby. Ich habe deinen Smoking aus seiner Plastikhülle genommen – er kam direkt aus der Reinigung – und ihn dir übergezogen.

Jetzt liegen wir Seite an Seite. Ich rede, und du schläfst. Wie schön du bist!

Als ich dich das erste Mal gesehen habe, vor 32 Jahren, warst du 20, und schon damals warst du schön.

2. Kapitel

Eigentlich hatte ich zu diesem Studentenabend gar nicht hingehen wollen. Ich konnte Erstsemester nicht ausstehen. Die Vorstellung, sie auf 40 Quadratmeter zusammengedrängt zu sehen, verursachte mir Übelkeit. Ohne das Drängen meines Cousins wäre ich zu Hause geblieben. Allein mit meiner Katze.

Als ich dich kennen lernte, war ich sofort wie hypnotisiert. Du standest trübselig in einer Ecke. Deine Verflossene vergnügte sich mit einem anderen. Den ganzen Abend habe ich mir angehört, wie du mir von deiner Ex-Freundin erzählt hast. Du würdest sie zurückerobern, ihr deine Liebe erklären und ihr einen Heiratsantrag machen. Sie würde annehmen, und du würdest ihr die schönsten Kinder der Welt machen.

Ein schönes Bild.

Ich habe dich nach Hause gebracht und dir eine Verabredung für den nächsten Tag vorgeschlagen. Du erinnerst dich, ich habe es dir auf den Handrücken geschrieben. Ich hatte zu viel Angst, dass du es über Nacht vergessen könntest.

Einen Monat der Telefongespräche, der Mittag- und Abendessen, um dich zu überzeugen, dass diese Ziege nichts für dich sei. Dass du Besseres verdient hättest. Ich half dir, deine schmalzigen Liebesbriefe zu schreiben. Wenn du sie schlecht machtest, verteidigte ich sie. Du trugst noch dicker auf, um mich zu überzeugen. Musik in meinen Ohren.

Einunddreißig Tage, bis du mir endlich erklärtest, dass ich ein außergewöhnliches Mädchen sei. Dass du ohne mich nie über sie hinweggekommen wärst. Dass ich deine beste Freundin sei.

Ich habe fünf Jahre gewartet. Fünf Jahre in der Rolle der Vertrauten. Derjenigen, die immer da war, wenn du sie brauchtest. Du verschenktest dein Herz gerne – und stecktest viele Enttäuschungen ein. Je größer, blonder, verführerischer sie waren – je weniger Ähnlichkeit sie mit mir hatten – desto heftiger dein Baggern, deine Liebe und dein Klammern. Ich tröstete dich, hätschelte dich, beschützte dich. Eines Abends nach einer deiner zahlreichen Trennungen näherten sich deine Lippen den meinen. Um unserer Freundschaft willen habe ich dich weggeschoben. Nicht, dass ich nicht gewollt hätte. Aber ich wollte ein ganzes Leben, nicht einen Kuss aus verletzter Eitelkeit, der sich am nächsten Morgen in Reue verwandelt und eine Mauer der Peinlichkeit zwischen uns aufgerichtet hätte. Ich habe Recht behalten.

Unsere Geschichte begann am 2. September 1972. Ich trug rosa Gummihandschuhe und war dabei, die Katzenstreu auszuwechseln, als das Telefon klingelte. Du wolltest mich ins Restaurant einladen. Ich bereitete mich darauf vor, dich über den Verlust deiner letzten Eroberung zu trösten. Ich hatte mich geirrt. Du warst vergnügt. Du fragtest mich nach meinem Studium und meinen Zukunftsplänen, machtest mir Komplimente zu meiner Frisur. Plötzlich interessiertest du dich für mich; ich war nicht mehr bloß ein Fläschchen Jodtinktur für offene Wunden. Ich war eine Frau.

Der Abend endete bei mir. Du warst so aufgekratzt, dass du beschlossen hast, den Kaffee selbst zu machen. Er war ungenießbar; ich habe ihn genussvoll geschlürft. Plötzlich bist du nervös geworden und vor mir in die Hocke gegangen.

»Ich habe dir schon gesagt, dass du schön bist. Du bist ein Engel. Mein Schutzengel. Du musst mir verzeihen. Alles. Ich bin so blöd. Ich liebe dich.«

Ich musste lächeln über deine harlekinreife Liebeserklärung. Mit deiner literarischen Bildung hättest du Besseres leisten können. Mir kamen die Tränen. Ich hatte die erste Runde gewonnen. Du dachtest, ich schluchzte wegen deiner Worte, und hast meine Hand genommen.

Im Geiste habe ich zu dir gesagt: »Schau meine roten Augen nicht an, lass die Finger von dem salzigen Wasser, das mir über die Wangen läuft. Hör nicht auf mein Stammeln. Mach dir keine Sorgen, ich verspreche dir, dich nicht mehr mit meiner Schwäche zu belästigen.« Wie durch ein Wunder hast du dich damit begnügt, mein Haar zu streicheln.

Ich hatte es lang wachsen lassen, um mich deinem weiblichen Idealbild anzunähern. Ich kannte es in- und auswendig. Du hattest es mir so oft beschrieben. Unauffällig, ohne dass du es gemerkt hättest, hatte ich meine Brille durch Kontaktlinsen ersetzt. Welche Hartnäckigkeit es mich kostete, diese Prothesen zu tragen, die meine Augen ablehnten! Die Augenärzte konnten meine Dickköpfigkeit nicht verstehen. Ich war bei dreien, bis ich einen fand, der ebenso geldgierig wie geduldig war.

Und die Diäten, die ich meinem Körper zugemutet hatte, um mich in diese Stoffquadrate zu zwängen, die man Minirock nannte! Du warst so scharf darauf. Die Stunden, die ich damit verbracht hatte, einen sauberen Lidstrich zu üben. All die Wochenenden, die ich zu Hause blieb, um Balzac, Flaubert, Hugo, Racine und Molière zu verschlingen und mich deinen Interessen anzupassen. Und die geistreichen Erwiderungen aus der *Antigone* von Anouilh, die ich bei passender Gelegenheit in unsere Unterhaltungen einflocht, um dich in Ekstase zu versetzen. Die Nächte, die ich ruhelos über die richtige Strategie grübelte, um dich zu erobern. Und dich zu behalten. Je mehr Zeit verging, desto mehr liebte ich dich. Ich hatte mich von dieser Liebe genährt. Ich hatte die Hoffnung nie aufgegeben. Eines Tages würde ich dich besitzen. Ich hatte noch immer bekommen, was ich wollte.

An jenem Abend hielt ich deine Hand mit aller Kraft. Deine Wärme durchdrang mich. Dein Geruch überlagerte den meinen. Mein ganzes Sein schmolz dahin, floss an deinem Körper entlang, drängte durch deine Poren. Ich war in dir. Verkündet nicht Paulus in der Bibel: »Die zwei werden ein Fleisch sein«?

Meine Gefühle brauchten sich nicht mehr zu verbergen. Endlich konnte ich zeigen, was ich für dich empfand. Trotzdem verweigerte ich mich dir. Du würdest warten müssen. Wie ich gewartet hatte. Verzeih mir, Liebster.

3. Kapitel

Sobald ich sie sah, wusste ich, dass sie meine erste Gegnerin sein würde. Sie war klein und dunkel – wie eine Dörrpflaume. Und sie war zu allem entschlossen, um ihren Nachwuchs zu beschützen. Dich und deine Schwester, um die ich mich später kümmern würde. Deine italienische Mama war die erste Figur, die es vom Schachbrett zu räumen galt.

Du hattest mir viel von ihr erzählt. Ich hatte Acht gegeben. Mir war klar, dass sie mich durchschauen würde. Sie würde wissen, dass sie dich im Falle einer Heirat mit mir nicht mehr zu Gesicht bekommen würde. Du hingst sehr an ihr. Zu sehr.

Aufgetakelt wie eine Fregatte, in dem kürzesten Röckchen, das ich besaß, gab ich mein spektakuläres Debüt in ihrem Esszimmer. Sie richtete kein Wort an mich. Sie musterte mich abschätzend und wandte sich dann eilends ihrem verlorenen Sohn zu. Bei Tisch saß sie mir gegenüber und beobachtete mich, wie ich ihre dämlichen Spagetti aß. Ich nahm einen Mund voll, legte mein Besteck hin und schob meinen Teller zurück. Was mir nicht weiter schwer fiel. Den Rest der Mahlzeit spielten wir das Spiel »Wer guckt zuerst weg?« Du bekamst davon nichts mit. Du fingst an, unterm Tisch mit mir zu füßeln. Ich lachte. Deine Mutter fasste das als Unverschämtheit auf. Sie kochte vor Wut. Wir gingen. Sie sagte mir nicht auf Wiedersehen. Im Auto verkündete ich traurig, dass ich bei deiner Mutter nicht gut angekommen sei. Da sei ich ganz sicher. Du erwidertest, sie sei immer so. Man dürfe ihr deswegen nicht böse sein. Ich ihr böse sein, mein Schatz?

An dem Abend haben wir miteinander geschlafen. Das Verhalten deiner Mutter hatte mich kühn gemacht. Eine gute Eingebung meinerseits. Du warst ein As. Vom Vorspiel bis zum Nachspiel eine gute Eins minus. Beim ersten Mal vergab ich nie die Bestnote. Es war das erste Mal.

Im Morgengrauen, du schliefst noch, bin ich aus dem Bett gesprungen. Du solltest dich nach unserer einzigartigen Liebesnacht nicht vor mir erschrecken. Ich bin ins Bad gestürzt. In Rekordzeit habe ich mich frisiert, mir Kornblumenwasser-Kompressen auf die Augen gelegt, die Zähne geputzt und mich mit Eau de Cologne eingesprüht. Behutsam habe ich mich wieder neben dich gelegt, bis du aufgewacht bist. Dann habe ich dich im glücklichen Glauben gelassen, du wärst als Erster wach geworden. Ich habe mich noch einen Augenblick schlafend gestellt. Du hast mich angesehen. Langsam, wie eine Katze, habe ich mich geräkelt. Ich habe die Augen aufgeschlagen und dich geküsst. Ohne Hemmungen. Mein Atem war frisch.

Ich habe die Brioches, die deine Mutter gebacken hatte, weggeworfen und bin Croissants kaufen gegangen. Wir sind den ganzen Tag nicht aus dem Bett gekommen. Du hast mich gebeten, dich zu heiraten. Ich habe Ja gesagt. Du hast sofort deine Mutter angerufen, um es ihr zu verkünden. Ihr habt euch gestritten. Es war so schön, dich sagen zu hören, dass ich die Frau deines Lebens sei, dass sie keine Wahl habe, dass du auf ihren Rat pfeifst. Du hast den Hörer aufgeknallt. Du wirktest traurig, ich habe dich in die Arme genommen.

»Wir sollten vielleicht warten, bis deine Mutter mich etwas besser kennt. Sie reagiert so, weil sie dich liebt.«

»Es ist mein Leben. Meine Mutter hat dabei nichts mitzureden.«

»Du bist ihr einziger Sohn. Sie kümmert sich immer noch um deine Wäsche, kocht dir Essen für die Woche vor. Sie kommt sogar deine Wohnung aufräumen. Und jetzt, plötzlich, willst du flügge werden ...«

»Genau. Es ist auch an der Zeit, dass das aufhört.«

Ich kostete den Erfolg meines Schlachtplans aus.

»Wirst du unter dieser Trennung nicht leiden?«

»Ich habe ja dich.«

»Ja, aber nur ab und zu. Wir wohnen nicht zusammen. Und wenn du abends nach einem anstrengenden Tag nach Hause kommst, wirst du dir dein Abendessen machen müssen, deine Sachen waschen und bügeln, die Wohnung aufräumen ... du wirst keine Zeit mehr haben, dich mit mir zu treffen.«

»Zieh bei mir ein.«

»Nein, nicht ohne Heirat. Das würde deine Mutter umbringen.«

Schach und matt. Du hast einen Moment überlegt.

»Lass uns so schnell wie möglich heiraten. Ich rufe morgen beim Rathaus an ... Ich kann dir keine große Hochzeit bieten ... macht dir das was aus?«

»Nein. Natürlich nicht. Aber ... deine Mutter?«

»Das Wichtige sind wir. Am Montag rufe ich an und erkundige mich nach den notwendigen Formalitäten.«

»Ich habe eine bessere Idee. Ich werde mich darum kümmern. Ich habe vormittags keine Seminare; also kann ich zum Rathaus gehen. Du weißt doch, wie das mit der Bürokratie ist: Am Telefon verliert man nur Zeit. Sie verbinden dich von einem zum anderen. Ich gehe selbst hin.«

»Mein Liebes. Du bist ein Engel.«

Zwei Wochen später, am 29. September 1972, schlossen wir den Bund fürs Leben. Wir waren zu viert: unsere Trauzeugen, du und ich. Am folgenden Sonntag fuhren wir wieder zu deinen Eltern. Ich trug stolz meinen Ehering zur Schau. Du hast dich mit deiner Mutter in der Küche eingeschlossen. Ich hörte dich brüllen, sie weinen. Klirren von splitterndem Geschirr. Ein Teller weniger zu erben. Du kamst heraus. Sie hielt dich am Arm zurück.

»Wenn du das Haus verlässt, ohne dich bei mir zu entschuldigen, trittst du nie wieder über diese Schwelle.«

Wir sind gegangen. Die letzte Nachricht, die du von ihr bekamst, war ihre Todesanzeige. Ein Jahr danach. Du bist auf dem Sofa zusammengesackt, die Karte in der Hand. Ich bin zu dir gegangen.

»Es ist alles meine Schuld, mein Schatz. Verzeih mir, dass ich deine Mutter umgebracht habe.«

»Red keinen Blödsinn. Du kannst nichts dafür.«

»Wenn wir gewartet hätten ...«

»Das hätte nichts geändert.«

»Ich bin unglücklich, wenn du unglücklich bist.«

»Sie war zu besitzergreifend. Sie hat sich ganz allein umgebracht.«

»Denk an uns. Geht es dir nicht gut mit mir?«

»Ich bin der glücklichste aller Männer.«

»Ich weiß ... ich werde sie nie ersetzen können. Schade, dass sie mich nicht mochte. Wir hätten uns so gut verstehen können. Wer weiß, sogar Freundinnen werden. Ich habe versucht, es ihr recht zu machen. Ich hatte ihr Blumen und ein Dankeschön für die Spagetti geschickt.«

»Sie hatte nichts gegen dich speziell. Sie hatte etwas gegen jede Frau, die mir zu nahe kam. Sie hätte nie geduldet, dass sich eine andere um mich kümmert. Ich habe es dir nicht gesagt, um dich nicht zu kränken, aber selbst die Blumen, die du ihr geschickt hast, hat sie mir angekreidet. Wollte einfach nicht glauben, dass sich der Blumenladen geirrt hatte. Chrysanthemen! Mach dir nichts draus. Man kann die Vergangenheit mit allem Wenn und Aber nicht ändern ... Friede ihrer Asche. Denken wir an unsere Zukunft. Wir sind schließlich am Leben.«

»Ich werde immer bei dir sein. Ich werde dich vor allem und jedem beschützen. Wie sie es getan hätte.«

»Du bist wirklich ein Engel, mein Schatz.«

Ich legte mich zufrieden schlafen. Eine weniger!

4. Kapitel

Mein Liebster, erinnerst du dich noch an unseren Griechenlandurlaub? Ein bescheidenes Hotel am Ägäischen Meer. Jeden Morgen brachte man uns das Frühstück aufs Zimmer. Wir gingen den anderen Gästen aus dem Weg. Ein wahres Paradies.

Ich butterte dir deine Frühstücksbrote, während du duschtest. Wir aßen ohne die Augen voneinander abzuwenden. Oder vielmehr: Ich fütterte dich wie ein Baby.

Mittags gingen wir, unsere Badetücher unterm Arm, auf die Suche nach einer Bucht. Wir liefen kilometerweit, kletterten über Felsen, wanderten durch Pinienwäldchen. Unsere Oase fanden wir hinter einer Wegbiegung oder einer Düne. Wir liebten uns im Freien. Jeden Tag. Nichts Originelles, nur das Gefühl, Anstand und Sitte zu trotzen. Ich lernte deinen Körper auswendig wie eine Blinde, die ihre Sehkraft für ein, zwei Stunden zurückerlangt. Ich repetierte mit geschlossenen Augen. Der Leberfleck auf deiner rechten Schulter, die haarlose Stelle am oberen Ende der linken Wade. Wir wälzten uns im Sand, liefen ins

Wasser, ich trocknete dich ab. Auf dem Weg zum Hotel dachten wir uns obszöne Stellungen aus und beschleunigten unseren Schritt, um sie in die Praxis umzusetzen. Wir duschten gemeinsam. Ich machte es wie die Japanerinnen: wusch und rasierte dich. Es war mir eine Wonne, dich zu rasieren.

Dann wurde unser Urlaub zum Albtraum. Ein Freund von dir kam an. Er folgte uns überallhin. Gleich nach dem Aufwachen sprangst du in deine Turnschuhe. Du warst spät dran, sicher wartete er schon lange auf dem Tennisplatz. Am Strand spieltet ihr Ball; ich blieb der Gesellschaft meiner Sonnencreme überlassen: »Hallo, Sunblocker, wie geht's dir so? Gut, und wie läuft's bei dir schöner Honeymoon?« Beim Abendessen riss er das Gespräch an sich. Als sei ich gar nicht anwesend. Der Blödmann verpatzte unsere Flitterwochen. Wir hatten diese Reise geplant, gespart, um sie uns leisten zu können. Ich hatte dieses gottverlassene Nest mit Absicht ausgesucht. Ich wollte mit dir allein sein. Ich musste etwas unternehmen.

Eines Abends schlug ich einen Ausritt vor. Hatte dein Freund nicht vor ein paar Tagen – im Suff – zugegeben, dass er eine Heidenangst vor Pferden habe? Du warst von meiner Idee so begeistert, dass er nicht zu widersprechen wagte. Ich machte mir eines eurer vermaledeiten Palaver zu Nutze, um uns Pferde zu reservieren, wobei ich dem Verleiher ausdrücklich sagte, einer von uns sei ein erfahrener Reiter und wünsche ein temperamentvolles Tier. Beim Anblick von Fusée, einem prachtvollen schwarzen Hengst, erklärte dein Freund, ich sei einfach genial. Gut erkannt, Großmaul. Wir trabten ein Stückchen, dann ging sein Gaul durch. Du hast noch versucht, ihn wieder einzufangen, aber zu spät. Dein Freund wurde aus dem Sattel geworfen und stürzte auf den Kies.

Ein gebrochenes Bein und eine Fraktur des Schulterblatts: Er konnte sich glücklich schätzen, ich übte ja noch.

Du bist mit ihm zum Krankenhaus gefahren. Als ich meine so nützliche Haarnadel wieder einsteckte, entschuldigte ich mich bei Fusée dafür, dass ich ihm wehgetan hatte, und versäumte auch nicht, den Besitzer zur Lebhaftigkeit seines Hengstes zu beglückwünschen.

Dein Freund wurde noch am gleichen Abend nach Frankreich zurückgeflogen. Du warst einen Vormittag lang betrübt. Um dich zu trösten, bat ich dich, mir Tennisunterricht zu geben.

Deine Augen wirkten noch grüner, noch leuchtender gegen deine gebräunte Haut. Ich war stolz, an deinem Arm zu sein. Die Mädchen drehten sich um, wenn du vorbeigingst. Ich strafte sie mit Missachtung und blendete sie mit dem Widerschein der Sonne auf meinem Ehering. Ich stellte dich zur Schau wie ein Kunstwerk, aber du standest nicht zum Verkauf.

Ich fotografierte dich überall und in jeder Haltung. Ich scherte mich nicht um die Sehenswürdigkeiten und Denkmäler, die wir besuchten. Ich lichtete mein Juwel vor der Akropolis ab, mitten im Theater von Epidauros, auf den Mauern von Mykene, und ich fühlte mich den Hellenen überlegen. Ich würde dich nie im Stich lassen. Du würdest nie zur Ruine verfallen. Meine Schlachten sollten dich nicht erschüttern. Ich würde sie fern von dir schlagen.

Du warst so verletzlich, so schwach. Wenn du in Gefahr warst, spürte ich es. Dann regte sich in mir ein garstiges Stachelschwein. Es rollte sich zur Kugel und wälzte sich rund um mein Herz. Mein Blut beschleunigte seinen Fluss, als wollte es mir aus den Adern quellen. Meine Fingernägel sprossen, und meine Augen füllten sich mit schwarzer Tinte. Ich war nicht dein Schutzengel, wie du glaubtest. Eher deine doppelgesichtige Hydra. Ein Gesicht, um dir zu gefallen, das andere, um dich zu beschützen. Nein! Ich war nicht verrückt. Jeder Mensch kommt mit einer Aufgabe auf die Welt. Meine war es, dich zu erretten.

5. Kapitel

Deine Schwester rief von Zeit zu Zeit an. Immer abends, wenn sie sicher sein konnte, dich anzutreffen. Bestimmt fürchtete sie, dass ich dir eine Nachricht nicht ausrichten würde. Damit hatte sie Unrecht. Ich glaube, sie hatte Angst vor mir. Damit hatte sie Recht.

Nach dem Tod deiner Mutter hattest du die Idee geäußert, wir könnten zu deinem Vater und deiner Schwester in dein Elternhaus ziehen. Der kleine Alte war mir nicht feindlich gesonnen; ich empfand nichts für ihn. Weder Hass noch Zuneigung. Gleichgültigkeit vielleicht? Die Alten müsste man alle einsperren. Vor allem deinen Vater. Du warst ihm zu ähnlich. Ich war nicht bereit, mir täglich dein verblühtes Spiegelbild anzusehen, deine Gebrechlichkeit, deinen Verfall.

Ich verwandte eine Woche darauf, Altersheime anzurufen und zu besichtigen. Ich kämmte die ganze Gegend im Umkreis von 100 Kilometern ab. Es gab rund 50. Das Geschäft mit der Senilität blühte.

Nachdem ich den Hafen der Ruhe schließlich gefunden hatte, musste ich dich noch überzeugen. Dich und deine Schwester. Die Zeit drängte, es war nur noch ein Platz frei. Ich lud deine Schwester zum Abendessen ein. Sie kam und flennte uns etwas vor. Wie immer. Heute, mit 40, hat sie Hängelider. Typisches Merkmal betrogener Ehefrauen, die zu viel geheult haben.

Ich habe das Thema beim Salat zur Sprache gebracht.

»Ich habe ein Heim für euren Vater gefunden.«

Keine Reaktion. Ich sagte es noch einmal, lauter.

»Ich habe ein Heim für euren Vater gefunden.«

Du hast als Erster zum Gegenangriff ausgeholt.

»Ich weiß nicht, ob das so eine gute Idee ist. Ihn von seiner Familie wegzureißen, das könnte sein Tod sein.«

Ich konterte mit meiner vorher ausgefeilten Argumentation:

»92 Kilometer, das ist nicht weit. Ihr müsst wissen, was ihr wollt. Die Heime in der Stadt sind zum Sterben trostlos. Da draußen hat man ländliche Umgebung, frische Luft. Es gibt einen großen Park, jeder Heimbewohner hat sein eigenes Zimmer, und das Personal ist reizend.«

Deine Schwester ergriff das Wort.

»Was hast du dagegen, zu Papa und mir zu ziehen? Das Haus ist groß genug für uns vier. Du bräuchtest dich nicht um ihn zu kümmern; das mache ich schon. Und wenn ihr erst Kinder habt, hättet ihr auch einen Garten.«

Die blöde Ziege! Kinder! Dich mit irgendeinem Wurm teilen? Auf gar keinen Fall! Und außerdem waren wir vom Thema abgekommen. Es ging um deinen Vater.

Ich kam gegen eure grässliche Charakterfestigkeit nicht an. Es war Zeit, das Hähnchen aus der Küche zu holen. Ich überlegte, während ich den Bratensatz ablöschte. Deine Schwester statt des Federviehs aufgespießt und mit aufgesperrtem Schnabel im Backofen rotierend. Die Vorstellung bringt mich jetzt noch zum Lachen.

Heute gäbe sie eher eine fette Mastgans ab. Mit ihren 20 Kilo Übergewicht und den Schlägen, die sie von ihrem Mann einsteckt.

Verzeih mir, mein Schatz, ich kann einfach nicht anders. Wie schön du schläfst. Soll ich weitererzählen?

Ich habe die Kartoffeln in eine Schüssel gegeben. Heureka!

»Etwas stört mich an euren verantwortungsbewussten Reden. Ihr sprecht immer nur von der unmittelbaren Zukunft.«

Und an deine Schwester gewandt:

»Du sagst, du würdest dich um deinen Vater kümmern. Denkst du nicht ab und zu auch mal an dich? Im Gegensatz zu ihm hast du eine Zukunft. Die dauert nicht ewig. Du bist jung und hübsch ... Dein Platz ist nicht an der Seite eines alten Manns. Selbst wenn er dein Vater ist. Was wird aus dir, wenn er stirbt? Du opferst ihm deine Jugend, dein Studium, die besten Jahre deines Lebens. Und für was? Um allein und ohne Abschluss in einem großen Haus dazusitzen. Brich dein Studium nicht ab! Das wäre eine Riesendummheit.«

Sie senkte den Kopf. Scheinheilig griff ich nach ihrer Hand und sprach mit sanfter Stimme weiter.

»Glaub mir, meine Liebe. Geh zurück auf die Universität. Such dir einen netten Jungen. Ihr werdet euch lieben, eine Familie gründen. Nutze dein Leben, es ist kurz genug. Die Rolle der Krankenschwester ist nichts für dich, überlass das den Fachleuten. Ich bin sicher, dass dein Bruder mir darin zustimmt.«

Du hast mich liebevoll angesehen.

»Sie hat Recht. Es wäre nicht richtig, wenn du dich opferst.«

Gewollt affektiert habe ich hinzugefügt:

»Und was das Zusammenziehen angeht, meine Kleine, das ist unmöglich. Im Alltag bin ich unerträglich. Pedantisch bis zur Besessenheit, ein übellauniger Morgenmuffel, der Stunden im Badezimmer verbringt.«

»Du übertreibst.«

Du hast mich in meinem Schwung unterbrochen und fast aus dem Konzept gebracht. Ich habe das Kompliment ignoriert und weitergeredet.

»Wirklich, ich glaube, dass euer Vater in einem

Heim besser aufgehoben wäre. Da ist er mit Menschen seines Alters zusammen. Findet Freunde, die sich für die gleichen Gesprächsthemen interessieren, den gleichen Lebensrhythmus haben wie er. Er wird optimal betreut. Falls er krank wird, sind die Ärzte gleich vor Ort. So schön der Humanismus als Prinzip ist, aber man muss auch realistisch bleiben.«

Wir haben das Essen kalt verzehrt. Um die Teller wieder aufzuwärmen, hätte ich euch allein lassen müssen. Du warst noch unschlüssig, aber meine Gegenwart hielt deine Schwester davon ab, das Thema noch einmal anzuschneiden.

Beim Nachtisch, den ich hinter mir bereitgestellt hatte, hast du mich gefragt:

»Wie ist es denn, dieses Seniorenheim?«

Reizend, anheimelnd, entzückend, bezaubernd, goldig, behaglich, lauschig, sympathisch, freundlich, allerliebst. Ein fröhliches Heim und nicht das Ende der Welt! Adieu, Schwiegerväterchen!

Blieb noch euer Elternhaus. Ich habe dich überredet, es zu verkaufen. Die Unterhaltskosten waren zu hoch. Du hattest seit drei Monaten eine Stelle, und wir kamen finanziell gerade zurecht. Deine Schwester nahm ihr Studium wieder auf.

Ich hatte keine Schwierigkeiten, einen Käufer zu finden. Er legte das Geld bar auf den Tisch. Das neue Domizil deines Vaters war damit bis ans Ende seiner Tage bezahlt. Deine Schwester vertraute mir ihren Anteil an und beauftragte mich, ihr ein Appartement zu kaufen. Ich war erleichtert; sie würde keinen Transitaufenthalt bei uns einlegen. Wir würden sie nicht mehr allzu oft zu Gesicht bekommen; das Appartement lag am anderen Ende der Stadt.

Dein Elternhaus verkauft, dein Vater im Heim, deine Schwester in sichere Entfernung abgeschoben; ich hatte jede Spur deiner Vergangenheit ohne mich ausgelöscht.

Kurz darauf stellte uns deine Schwester ihren Verlobten vor. Zwei Abendessen in zwei Monaten mit diesem Armleuchter. Das war viel, aber ich habe mich trotzdem dazu herabgelassen. Diese Heirat war die Chance, sie uns endgültig vom Hals zu schaffen.

Sie kamen zu früh. Keine Kinderstube. Das fing ja gut an. Lieber Himmel, sahen sie albern drein. Vor allem deine Schwester. Sie sah diesen langhaarigen Loser so beseligt an, als ob er das siebte Weltwunder sei. Er war ganz sicher der Erste, der sie je gevögelt hatte. Er war Kunststudent, gebärdete sich großspurig und gedachte, die Welt durch seine Malerei zu revolutionieren. Ich erinnere mich, dass er damals schon beim Wein ganz schön zugelangt hat. Anonym und bald auch Alkoholiker.

Du zeigtest dich nach ihrem Aufbruch nicht

sehr begeistert. Ich dachte an deine Schwester. Zweifellos wurde sie in eben diesem Moment flach gelegt! Ich amüsierte mich bei der Vorstellung, wie sie mit gespreizten Beinen unter ihrem schweißtriefenden Primaten lag.

Du hast mir erklärt, du seist gegen diese Heirat. Also machte ich mich an die Arbeit. Falls du dich einmischtest, würde sie ihn nicht heiraten, monatelang herumflennen, und du würdest ihr zu Hilfe eilen.

Ich ließ dich die Fehler deines zukünftigen Schwagers aufzählen. Die Sache ließ sich schwierig an. Es gab nichts, was für ihn sprach.

Wieder gründete ich mein Plädoyer auf ihr Lebensglück. Der Tod deiner Mutter hatte deine Schwester aus der Bahn geworfen. Dieser Junge gab ihr die Orientierung wieder. Sie war glücklich, das sah man. Dir gefiel sein Auftreten nicht? Er war schließlich Künstler. Wir wussten nichts von ihm? Wenn deine Schwester ihn liebte, war es die Sache wert. Hattest du denn kein Zutrauen zu ihr? Doch, natürlich: Ihr hattet schließlich die gleiche Erziehung erhalten. Sie würde sich nicht an ihn binden, wenn sie Zweifel an ihm hätte. Sie war alt genug, um ihre Entscheidungen selbst zu treffen. Zugegeben, deine Schwester war im Besitz einer Wohnung und eines wohl gepolsterten Sparkontos. Aber hatte sie nicht auch andere Reize? Deine Reaktion war die eines italienischen Machos. Du, als Verfechter der

Frauenrechte, gabst etwas auf den äußeren Schein? Du wurdest zum Spießer. Was kümmerten seine langen Haare, seine schmuddeligen Jeans, sein löcheriger Pulli, seine Tischmanieren und seine Art, sich aufs Sofa zu lümmeln? Konntest du dich nicht mehr erinnern, wie wir in seinem Alter gewesen waren? So lange war das doch noch gar nicht her. Der junge Mann würde schon noch solide werden, genau wie wir.

Du wirktest skeptisch. Ich spielte meinen Joker aus.

»Kannst du die Vorstellung nicht ertragen, dass deine Schwester in den Armen eines Mannes glücklich ist? Sie hat es doch verdient, oder?«

Zwei Tage später hast du sie zum Mittagessen eingeladen. Mit Leichenbittermiene hast du ihr deinen Segen gegeben.

Am Tag der Hochzeit warst du nicht gerade außer dir vor Freude. Sie hatten nicht an Schäbigkeit gespart. Das Hochzeitsessen fand in einer Bruchbude von Restaurant in einem Gewerbegebiet statt. Der Bräutigam hatte es ausgesucht. Die Spelunke gehörte dem Freund eines Cousins seines Vaters. Es war grässlich, all diese besoffenen, widerwärtigen Typen. Seine Familie und zukünftig auch die deiner Schwester. Ich lächelte unverdrossen. Ich gratulierte den beiden Turteltauben herzlich. Ganz besonders meinem Schwager. Er ahnte ja nicht, dass es ihm nur dank meiner Hilfe gelungen war, sein Täubchen zu beringen.

6. Kapitel

Na so was, du schnarchst gar nicht heute Abend. Ich hoffe, du bist nicht tot. Es ist noch zu früh. Ich habe dir doch noch nicht zu Ende erzählt, was sich hinter den Kulissen unserer Geschichte abgespielt hat.

1979. Wir gingen Hand in Hand im Park spazieren. Du hast dich mit mir auf eine Bank gesetzt. Ich dachte, du wolltest mich küssen. Ich war im Irrtum.

»Liebstes, wir sind jetzt sieben Jahre verheiratet. Ich habe eine sichere Stellung. Wir haben eine große Wohnung. Wir haben immer harmoniert, du und ich. Wir wünschen uns im gleichen Moment das Gleiche. Wir sind uns so ähnlich, dass ich manchmal fast denke, du machst es mit Absicht. Ich möchte ein Kind, und ich glaube, du auch.«

Mitnichten, muss ich zugeben, und da dies das erste Mal war, dass ich etwas nicht vorausgesehen hatte, blieb mir glatt die Spucke weg. Meine schlanke Linie, die ich mir so mühevoll erarbeitet hatte! Mein Schatz, jeden Abend habe ich mich in der Toilette eingeschlossen und mir auf allen vieren über der Kloschüssel hängend den Finger in den Hals gesteckt. Mein Gesicht lief puterrot an, die Augen traten mir aus den Höhlen. Mir wurde heiß, mir wurde schlecht. Wenn es mir nicht gelang, mich zu übergeben, bin ich in die Küche gestürzt. Ich habe mich vollgestopft. Ich habe alles verschlungen, was mir in die Hände fiel. Bis zur Übersättigung. Bis zum körperlichen Drang, alles wieder von mir zu geben. Dann habe ich mich schlafen gelegt – erschöpft, aber glücklich. Am Morgen würde mein Bauch flach sein. Wie oft hattest du meinen schlanken Körper gepriesen! Und jetzt wolltest du mich dick, dein kleines Blümchen körperlich verunstaltet? War ich dir nicht mehr genug? Dabei gab ich dir doch alles. Und außerdem warst du mein Kind. In meinem Herzen war kein Platz für ein weiteres.

»Du sagst ja gar nichts, meine Kleine.«

»Vielleicht kann ich keine Kinder bekommen.«

»Das ist Blödsinn, mein Schatz. Wir haben es noch nie versucht ... Und falls es wirklich so sein sollte, adoptieren wir eben eins.«

Panik. Du warst nicht nur imstande, einen anderen Menschen zu lieben als mich, sondern sogar einen ganz fremden ... Die Worte purzelten aus meinem Mund, ohne den Umweg über mein Gehirn zu nehmen.

»Lässt du mich darüber nachdenken? So eine Entscheidung fällt man nicht von jetzt auf gleich.«

»Du denkst zu viel nach. Ich mache mir Sorgen, dass wir uns in unserer gemütlichen Routine einrichten. Unser Leben muss sich ändern.«

Gemütliche Routine! Wir liebten uns täglich anders. Ich erfüllte dir all deine Fantasien. Wir gingen dreimal die Woche abends aus. Wir fuhren jedes zweite Wochenende weg. Ich zog nie zweimal dasselbe an, es sei denn, auf deinen ausdrücklichen Wunsch. Ich wechselte meine Frisur, wie es dir gerade gefiel. Ich räumte die Wohnung monatlich um. Wir waren in Sportvereinen, einem Bridgeclub, einem Kreis von Weinkennern!

An diesem Abend konnte ich nicht schlafen. Die ganze Nacht suchte ich nach Gegenargumenten. Abstriche an unserem Lebensstandard? Materialismus. Geistig noch nicht ausreichend auf die Mutterrolle vorbereitet? Unreife. Einschränkung des Ausgehens und der amourösen Eskapaden? Egoismus. Mir blieb nur eine Lösung: Die Knaus-Ogino-Methode. Meine Großmutter hatte mich darin unterwiesen. Du würdest zuerst Unfruchtbarkeit bei einem von uns beiden vermuten. In der Zeit, die es dauern würde, Termine bei Spezialisten zu vereinbaren, die notwendigen Untersuchungen durchzuführen, würde ich dir dieses Verlangen nach Vaterschaft schon abgewöhnen.

Ich sagte dir, ich sei einverstanden. Überglücklich warfst du meine Schachtel mit Antibabypillen in den Mülleimer. Die ersten drei Monate waren mühsam. Ohne dass du etwas davon merktest, maß ich jeden Morgen vor dem Aufstehen meine Temperatur. Ich machte dir kein Frühstück mehr. Du gingst arbeiten. Ich tat so, als ob ich noch schliefe. Ich behauptete, meine Müdigkeit hänge mit dem Absetzen der Pille zusammen. Weil du mich gern auf der Stelle schwanger sehen wolltest, schliefen wir dreimal am Tag miteinander. Meine Migränen fielen immer auf die Tage um meinen Eisprung. Es war schrecklich, mich dir verweigern zu müssen. Es fiel mir immer schwerer, dir zu widerstehen. Ich ging zu einem Arzt. Offiziell wegen meiner Kopfschmerzen. Von diesem Gynäkologen ließ ich mir alle Möglichkeiten erklären, eine Schwangerschaft zu vermeiden. Ich entschied mich für Zäpfchen. Lästig, aber wirksam.

Nie werde ich mir meinen Lapsus verzeihen. Weißt du noch? Wir sind in ein griechisches Restaurant gegangen, um deine Beförderung zu feiern, und haben mehr getrunken, als gut war. Ich habe sogar Sirtaki getanzt, und der Wirt hat uns eine Flasche Sekt ausgegeben. Draußen auf der Straße hatte ich ganz schön Schlagseite, und ich war mächtig scharf. Wir haben uns die ganze

Nacht geliebt. Ich habe das Zäpfchen vergessen, und im nächsten Monat ist meine Regel ausgeblieben. Was tun?

Eine Abtreibung? Du verfolgtest meinen Zyklus zu genau. Ich resignierte. Hoffte neun Monate auf eine Fehlgeburt. Ich meldete mich zu Reitstunden an. Als sie herausfanden, dass ich schwanger war, schickten sie mich weg. Ich trieb Gymnastik bis zum Umfallen. Nichts. Dieses Ding gedieh in mir. Es klammerte sich fest wie eine Miesmuschel an ihren Felsen. Schließlich ergab ich mich in mein Schicksal. Du warst so lieb zu mir. Engagiertest eine Putzfrau. Brachtest mir jeden Abend ein kleines Geschenk mit. Ich ekelte mich vor mir selbst. Du fandest mich schön. Jeder Gang zur Waage trieb mich zur Verzweiflung. Ich schlug mir auf den Bauch. Meine Haare verloren ihren Glanz. Ich ließ sie kurz schneiden. Du machtest mir Komplimente. Ich war traurig. Du würdest meine Locken nicht mehr um deine Finger wickeln können. Mir taten die Beine weh. Ich passte nicht mehr in meine Sachen. Mein Nabel wölbte sich vor, als ob er herausspringen wollte. Und du, du streicheltest diesen Fleischklumpen, den ich hasste, stundenlang, sprachst mit ihm, küsstest ihn.

Ich entband an einem Mittwochmorgen. Du wolltest unbedingt dabei sein. Ich lehnte ab. Es würde eine Schinderei werden. Ich würde hässlich sein. Ich habe mit aller Kraft gepresst, damit das Ding so schnell wie möglich herauskäme. Die Schwestern haben mich auf mein Zimmer gebracht. Ich bin mühsam aufgestanden und habe mich ins Bad geschleppt. Vor dem Spiegel wäre ich vor Entsetzen fast in Ohnmacht gefallen. Unter der Dusche habe ich meine Schwerfälligkeit, meinen Schwindel bezwungen und mich dann wieder hingelegt, um auf deinen Besuch zu warten, mein Liebster. Du kamst mit der kleinen Kröte im Arm und hast sie in den Stubenwagen gelegt. Ich war eifersüchtig. Du hast dieses dir unbekannte Baby betrachtet. Du hast es aus lauter Angst, ihm wehzutun, nur ganz vorsichtig berührt. Ich existierte nicht. Ich hätte weinen, mich verstecken mögen. Ich wünschte mir, du würdest das Zimmer verlassen, damit ich es ersticken könnte. Warum ließest du mich so leiden? Du hast es in die Arme genommen und es angelächelt, dein Glück genossen, das ich nicht geplant hatte.

»Wie wollen wir es nennen?«

»Ich weiß nicht ... François?«

»Aber mein Blümchen, es ist doch ein kleines Mädchen!«

Das schlug dem Fass den Boden aus! Es war ein Mädchen. Einen Jungen hätte ich vielleicht ins Herz schließen können. Er hätte dir ähnlich gesehen. Ich hätte dich in doppelter Ausführung gehätschelt, liebkost, beschützt und umarmt. Aber ein Mädchen. So ein kleines Miststück. Eine angehende Rivalin. Und ich war selbst schuld. Ich hatte unsere Leidenschaft durch die Unbesonnenheit eines Abends zerstört. Ich hasste Griechenland, die Griechen und ihr ganzes Essen. Sie sollten alle zum Teufel fahren!

Du bist gegangen. Ich habe den Stubenwagen ins Kinderzimmer geschoben. Es war voller Babys; viele von ihnen weinten. Es war die Hölle. Ich habe die Tür hinter mir zugemacht und bin mit dem Aufzug bis ins Souterrain gefahren. Da konnte ich sie nicht mehr hören. An dem Tag habe ich mit dem Rauchen angefangen. Neben dem Kaffeeautomaten stand eine Gruppe von Krankenhausmitarbeitern und unterhielt sich. Ich erkannte eine Krankenschwester, die auf meiner Etage arbeitete. Ich bat sie um eine Zigarette. Sie gab sie mir.

»Das ist aber nicht so gut, wenn Sie stillen.«

Stillen? Aber was hatten sie denn bloß alle gegen mich? Ich war von Verrückten umgeben.

In der Nacht quälten mich furchtbare Albträume. Du machtest dich mit deiner Tochter über mich lustig. Du warst mir untreu. Ich war allein auf der Welt.

Am nächsten Morgen kam eine Säuglingsschwester zu mir. Das Baby stillen? Nein. Sie durchbohrte mich mit Blicken und verzog sich. Am späten Vormittag kam sie wieder, um mir zu zeigen, wie man ein Baby badet. Ich hörte ihr zu. Ich hatte ja sonst nichts zu tun. Mir wäre es lieber gewesen, wenn sie mir erklärt hätte, wie man es ertränkt.

Und du am Telefon: »Geht es dem Baby gut?« Ich habe dich gehasst. Mach dir keine Sorgen, mein Liebster, nur einen Augenblick lang. Dieses Dreckstück in seinem Tragekorb, das war die Schuldige. Du kamst nach der Arbeit ins Krankenhaus geeilt. Durchs Fenster sah ich dich den Wagen parken. Ich wollte flüchten, um nicht Zeugin einer weiteren Szene zwischen ihr und dir zu sein. Ich hielt mich versteckt. 22 Uhr, Ende der Besuchszeit. Ich ging zurück auf mein Zimmer. Der Stubenwagen war verschwunden. Oh Freude. Man hatte sie entführt. Ich würde das Lösegeld nicht bezahlen.

Man weckte mich mitten in der Nacht. Eine Frau im weißen Kittel reichte mir ein Fläschchen. Träumte ich? Nein. Sie hatten das Balg neben mich gelegt. Es hatte Hunger. Ich fragte die Erscheinung:

»Wie oft bekommt es nachts zu trinken?«

»Das wird sie selbst entscheiden.«

Ich stopfte ihr das Fläschchen in den Schnabel. Eine schnelle Überschlagsrechnung. Bei diesem Rhythmus würde mein Gesicht vor der Zeit altern. Du würdest mich nicht mehr begehren und dir eine andere, jüngere suchen. Ausgeschlossen.

Am Nachmittag kamst du mich besuchen. Ich trug das Baby herum, damit es sein Bäuerchen machte. Nicht nur, dass man es den ganzen Tag füttern musste, dann rülpste es auch noch. Und alle Welt war entzückt darüber. Was für ein Schwachsinn! Mir applaudierte doch auch keiner, wenn ich furzte.

Du kamst ins Zimmer. Beseligt.

»Wie schön ihr beide seid. Ich muss ein Foto von euch machen.«

Das hatte gerade noch gefehlt. Ein Foto, so wie ich aussah! Ich zwang mich zu einem Lächeln. Dieser Film würde nie entwickelt werden.

Ich spielte die hingebungsvolle Mutter, voll der Liebe zu ihrem Nachwuchs. Ich drückte sie so fest an mich, deine Tochter, dass du nicht wagtest, sie aus meinen Armen zu nehmen. Einen Tag gewonnen.

Die Krönung war der Besuch deiner Schwester. Sie war im vierten Monat schwanger und sah aus wie eine Bonbonniere. Zwischen all den Krankenschwestern, Säuglingsschwestern, Ärzten und deiner Schwester blieb mir kein Augenblick der Ruhe. Ich musste allein sein, um meine Gedanken sammeln zu können. Wie konnte ich mich des Eindringlings entledigen? Deine Schwester fertigte ich kurz ab. Ich war müde.

Dann die Heimkehr. Weggegangen war ich allein, zurück kamen wir zu zweit. Mein Koffer war kaum ausgepackt, da stürzte ich ans Telefon. Eine Kinderfrau auftreiben. Es kam nicht infrage, dass ich mich mit Fläschchen, Windelwechsel, Babybaden und nächtlichem Aufstehen abplagen würde. Sollte ich mir von diesem Blutegel die Energie rauben lassen, dir dein Abendessen zuzubereiten, mich für dich schön zu machen, dir deine Sachen für den nächsten Tag herauszulegen, dir dein Bad einzulassen?

Die Kinderfrau gefiel mir. Auf den ersten Blick. Sie war um die 50 und ebenso groß wie hässlich. Keine Gefahr. Was ihre Erfahrung mit Säuglingen anging, die war mir völlig Wurst. Sie war da, sie würde bleiben. Ich ging auf all ihre Bedingungen, ihr Gehalt, ihren bezahlten Urlaub ein. Nachts würde ihre arbeitslose Cousine sie ablösen. Ob sie sofort anfangen könne? Ja.

Am Abend meiner Rückkehr aus dem Krankenhaus empfing ich dich in untadeliger Aufmachung. Du ließest dir meinen pochierten Rinderbraten und meine Mousse au Chocolat schmecken. Ich wollte, dass du mit mir schläfst. Du hattest Bedenken. Ich bestand darauf und musste rasch klein beigeben. Das Biest hatte mich zerfetzt.

Nach Abklingen der ersten Panik war ich imstande nachzudenken. Ich konnte dieses Baby nicht körperlich aus dem Weg schaffen. Jedenfalls im Augenblick nicht. Wenn ich kein Interesse an ihr zeigte, würdest du mich verabscheuen. Also die perfekte Mutter spielen?

Meine Tochter war mir eine große Hilfe. Sie war sehr brav und weinte selten. Nach einem Monat schlief sie die Nächte durch. Ich entließ die Cousine und wies die Kinderfrau an, erst um 14 Uhr zu kommen. Tag um Tag verschob ich die Fütterungszeiten des Babys. Morgens bekam sie ihr Fläschchen um sieben. Da hattest du keine Zeit, sie zu füttern. 11 Uhr, 15 Uhr, 19 Uhr. Du warst nicht da. Wenn du von der Arbeit kamst, schlief sie schon. Sie durfte nicht geweckt werden. Für das Wochenende plante ich Unternehmungen. Nur am Samstag- und Sonntagnachmittag kamst du dazu, den Kinderwagen durch den Park zu schieben.

So klein sie war, versuchte sie schon, mich zu verführen. An ihrer honigsüßen Art, mich anzulächeln, ihr Köpfchen an mich zu schmiegen, erkannte ich, dass sie meinen Charakter geerbt hatte. Ich bin sicher, dass sie mich damals schon verabscheute.

Ich spielte mit ihr. Ich hatte meinen Spaß dabei. Sie wuchs heran. Unauffällig. Du sagtest, sie sehe mir ähnlich. Sie habe meinen Mund. Der Teil ihres Körpers, der sich zart auf deine Wangen drückte und den ich deshalb am meisten hasste.

Sie ging in den Kindergarten, dann in die Grundschule. Ich brachte sie immer sehr früh ins Bett. Du verbrachtest nicht allzu viel Zeit mit ihr. Sie störte nicht. Sie war eigenbrötlerisch, fügsam, blieb oft in ihrem Zimmer. Ich hörte sie mit ihren Puppen und Plüschtieren sprechen. Irgendwie rührte mich das. Ich hatte mich an sie gewöhnt. Ich ertrug ihre Anwesenheit, ohne dass sie mir zur Qual wurde. Es fehlte nicht viel, und ich hätte sie geliebt.

7. Kapitel

Gearbeitet habe ich nie. Außer für dich natürlich.

Als wir geheiratet haben, schrieb ich an meiner Magisterarbeit. Ein bescheuertes Thema: »Was wird aus den Lacanianern?« Ich blieb zu Hause, um sie zu schreiben. Ich habe sie nie abgeschlossen. Ich habe mich einer fesselnderen Aufgabe gewidmet. Der Programmierung unseres Lebens. Jeder Tag, jede Stunde, jede Minute, jede Sekunde war dir geweiht.

Ich stand immer vor dir auf. Sorgfältig befreite ich meinen Körper von allen Spuren, die die Nacht hinterlassen hatte. Ich lief in die Bäckerei, um eine nicht zu knusprig gebackene Baguette zu kaufen. Immer noch im Laufschritt überquerte ich die Straße zum Zeitungskiosk. Ich kaufte *Libération, Le Monde, Le Figaro.* Ich bereitete dein Frühstück zu. Zwei Stück Baguette mit schwach gesalzener Butter und hausgemachter Aprikosenkonfitüre, die du in deinen Kaffee tunken würdest. Einen auf exakt 38 Grad warm gehaltenen Café au Lait. Und den Saft einer ausgepressten Orange. Ich ging dich wecken. Während du duschtest, wählte ich die Kleidungsstücke aus, die du an dem Tag tragen würdest. Ich deckte den Tisch für unser erstes Tête-à-tête. Dann dein Auftritt. Die personifizierte Vollkommenheit. Ich erschauerte. Ich war nicht die Einzige, die so dachte. Ich träumte davon, dich unter einer Glasglocke einschließen zu können.

Du setztest dich. Du aßest. Du kommentiertest die Presse. Ich hörte dir zu. Ich küsste dich. Du gingst zur Arbeit.

Ich räumte die Wohnung auf, öffnete die Fenster, lüftete die Zimmer, staubte die Möbel ab. Alles sollte sauber sein für deine Rückkehr. Ich blätterte in meinen Kochrezepten. Was wünschtest du dir zum Abendessen? Ich listete die Zutaten auf und vergewisserte mich, dass es dir nicht an Rasierschaum, Parfüm oder Aspirin mangelte. Die Händler im Viertel kannten mich. Ich war unerbittlich, was Qualität und Frische ihrer Lebensmittel anging. Sie müssen mich gehasst haben. Wenn du mich hättest sehen können, Liebster, wie ich dem Metzger auf die Finger sah, während er das Fleisch schnitt. Der Gemüsehändler hatte längst klein beigegeben und ließ mich Obst und Gemüse selbst auswählen. Es ist schade, dass du so tief schläfst. Ich hätte dich gern geweckt, um dich über meine kleinen Abenteuer lachen zu hören.

Ich leerte deinen Wäschekorb. Wir hatten jeder einen eigenen. Später sollte es drei geben. Ja, mein Herz, all deine Sachen wurden von Hand gewaschen. Mit meinen Händen, mit Sanftheit, Liebe und Zartgefühl. Ich spülte sie aus und hängte sie auf Kleiderbügel. Merkwürdig, dass dir meine Abneigung gegen Textilien, die in die Reinigung müssen, nie aufgefallen ist.

Nackt bis auf die Schürze begab ich mich in die Küche. Die Zubereitung der Gerichte wurde zum ausgedehnten Vorspiel. Dein Orgasmus würde als letzter Bissen kommen.

Du seufzt? Denk nicht, ich hätte mich etwa mit dem Gemüse verlustiert. Atme nicht so schwer, ich mache nur Spaß, mein Süßer. Die Vorstellung deiner Lippen an der Gabel erfüllte mein Tun mit Sinnlichkeit und Leidenschaft. Deshalb spreche ich von Vorspiel.

Mit Holzlöffeln, Suppenkelle oder Sieb ausgerüstet, bewegte ich mich im Rhythmus des Tanzes der Liebe zwischen Herd und Tisch. Oft fügte ich dem Rezept eine persönliche Note hinzu. Ich gab einen Blutstropfen an die Weinsauce, band eine Haarsträhne mit ins Bouquet garni oder verwendete einen meiner Nylonstrümpfe anstelle des Schaumlöffels.

Um 17 Uhr begab ich mich ins Bad. Ich wusch mich, cremte mich ein, enthaarte mich, schminkte mich, parfümierte mich, frisierte mich. Ich fühlte mich, als ob ich auf einen Ball ginge. Einen Ball nur für uns zwei. Ich deckte den Tisch feierlich, mit Kerzen. Ich legte eine Chopin-Platte auf. Ich zündete die Kerzen an und setzte mich mit einem Buch in einen Sessel. Du siehst, meine Tage waren sehr ausgefüllt. Wann hätte ich da deiner Meinung nach noch arbeiten sollen?

Wir hatten zwar eine Putzfrau. Aber ich hätte ihr nie erlaubt, irgendetwas von deinen Sachen anzurühren. Sie hätte sie besudelt. Um dein Besteck kümmerte ich mich persönlich. Es war in direkte Berührung mit deinem Mund gekommen. Sollte eine Fremde es mit ihren schmutzigen Fingern anrühren?

Nach dem Abendessen tranken wir unseren Kaffee. Ich liebte diesen Moment, in dem du mir von deinem Tag erzähltest. Ich ließ dir ein 37,5 Grad warmes Bad einlaufen, du ließest dich hineinsinken, und ich machte mich für unsere Nacht zurecht.

Mein Zeitplan kannte keine Abweichungen. Ich nahm die Ankunft des Kindes zum Anlass, dir mitzuteilen, dass ich meine Magisterarbeit aufgeben würde. Acht Jahre für den Versuch einer Magisterarbeit! Ein absoluter Rekord. Natürlich hatte ich das Thema mehrfach gewechselt. Meine vorgetäuschte Ziellosigkeit im Studium hatte dich die ersten Jahre geärgert. Als du noch nicht so gut verdientest. Mit der Zeit und den

Gehaltserhöhungen hast du nur noch darüber gelacht. Du nanntest mich die ewige Studentin.

Ich hatte Psychologie gewählt, um dir näher zu sein. Der Lehrstoff war mir nicht wichtig. Doch der Zufall wollte es, dass er mir im Leben hilfreich war. Ich konnte meine Pläne mit größerer Raffinesse schmieden. Ich durchschaute die Persönlichkeit meiner Widersacher besser. So war ihre Ausschaltung leichter zu arrangieren.

8. Kapitel

Es geschah in ihrem letzten Grundschuljahr, an einem Sonntagabend, an dem sie dir ein Gedicht aufsagte, dass deine Tochter sich versprach. Du hast sie gerügt.

»Nein, mein Engel. Fang mit der letzten Strophe noch mal an!«

Mein Engel! Das war doch ich, dein Engel! Ein verräterischer Versprecher. Wie konnte ich mich nur von dieser Zwergin einwickeln lassen? Sie war wirklich wie ich. Sie ähnelte mir äußerlich und ahmte meine Gesten, mein Verhalten nach. Dein Versehen zeigte mir, dass sie ihr Ziel erreicht hatte. Meinen Platz einzunehmen.

Diese Schlacht hätte eine blutige werden können. Wir waren gleich gut gerüstet, sie und ich, doch ich hatte ihr die Erfahrung voraus. Sie stand ja erst am Anfang. Die Schülerin forderte die Meisterin heraus.

Ich ging in ihr Zimmer und erklärte, es sei Zeit zum Schlafengehen. Sie maß mich mit Blicken. Sie wusste, dass ich zugehört hatte. Meine ganze Intelligenz und Unverfrorenheit standen vor mir aufgepflanzt. Sie starrte mich weiter an, während du sie küsstest. Und in herablassendem Ton, der mir nur zu bekannt war, murmelte sie: »Gute Nacht, liebe Mama ... Träum schön.«

Innerlich kochte ich. Wut stieg in mir auf. Ich hätte sie bei der Geburt umbringen sollen. Stattdessen hatte ich sie aufgezogen, ihr geholfen, groß zu werden. Ich hatte meinen Untergang selbst heraufbeschworen. Ohne es zu merken, hatte ich ihr beigebracht, wie sie mich vernichten konnte.

Ich sprach beim Direktor ihrer Schule vor. Ich erklärte ihm, dass wir im nächsten Jahr deiner Arbeit wegen viel auf Reisen sein würden. Dass wir uns Sorgen um die schulische Zukunft unserer Tochter machten. Dieses Nomadenleben würde sie aus dem Gleichgewicht bringen. Er pries ihre geistige Reife, die zu erschüttern jammerschade wäre. Wozu er mir riete? Zu einem Internat. Er hatte das Zauberwort ausgesprochen. Internat. Er schlug mir verschiedene Einrichtungen vor. Ich setzte mich umgehend mit ihnen in Verbindung. Bald häuften sich die Broschüren in unserem Briefkasten.

Du lehntest kategorisch ab. Sie sei zu jung, und du könntest es nicht ertragen, dich von deinem kleinen Engel zu trennen.

Das ging zu weit! Zum zweiten Mal innerhalb von nur einer Woche raubte sie mir meine Identität. Der Zorn fraß mich von innen auf. Ich nahm mich zusammen. Ich stand auf, räumte den Tisch ab. Du redetest weiter. Warum sollte sie die Schule wechseln? Ihre jetzige, nur ein paar Schritte von uns entfernt, führte bis zur mittleren Reife. Ich hörte dir zu, während ich das Geschirr abspülte, kratzte die Töpfe aus, um nicht zu explodieren, schrubbte immer heftiger und heftiger. Ich reagierte mich an ihrer Teflonbeschichtung ab. Du redetest weiter. Du seist selbst auf einem Internat gewesen. Dieses Martyrium würdest du deiner Tochter ersparen. Meine Nägel brachen einer nach dem anderen ab. Ich hatte ein Loch in den Schwamm gescheuert. Ich konnte nicht länger an mich halten. Ich nahm ein Küchenmesser und stieß es mir in die Hand. Mein Blut floss, meine Galle konnte endlich überlaufen. »Ich habe mich geschnitten.« Ende der ersten Runde.

Eine Frauenzeitschrift widmete eine ihrer Ausgaben dem Thema Milben. Neue Feinde. Ich las den Artikel mit Interesse und kaufte mir umgehend weitere Zeitschriften und Bücher zu dem Thema. Die mikroskopisch kleinen Viecher erwiesen sich als ernst zu nehmende Partisanen. Sie waren Stadtbewohner, hausten in Teppichböden, Federbetten, Matratzen, Wandbehängen. Ihr Reich? Der Staub. Ihre Waffe? Das Asthma, unausrottbares Leiden unserer urbanisierten Gesellschaft. Ihre liebsten Opfer? Kinder.

Ich erinnerte mich, dass bei deiner angebeteten Tochter im Alter von zwei schon einmal Warnzeichen aufgetreten waren. Als wir die Menagerie eines Zirkus besuchten, hatte sie plötzlich keine Luft mehr bekommen. Der eilends herbeigerufene Kinderarzt hatte erklärt, sie habe eine Neigung zur Allergie. Man müsse sich vorsehen.

Ich machte mich daran, die Wohnung neu einzurichten. Schluss mit dem 80er-Jahre-Stil! Diese großen, weißen, leeren, seelenlosen Zimmer. Diese spärliche Möblierung, dieser Mangel an Schnörkeln, diese glatten, nackten Wandflächen! Mir stand der Sinn nach mehr Kuscheligkeit. Du warst einverstanden und schlugst vor, einen Architekten hinzuzuziehen. Blödsinn. Die Raumgestaltung war eine meiner Leidenschaften. Unser neues Interieur sollte zu uns passen. Um unsere Tochter nicht zu stören, würden die Arbeiten während der Schulferien im Februar durchgeführt werden. Sie würde mit einer ihrer Freundinnen und deren Mutter in den Skiurlaub fahren. Ich kümmerte mich um alles.

Dein Sternzeichen, dein Aszendent und dein Charakter verlangten nach Gelb-, Orange- und Rottönen. Deine Kindheit auf dem Land legte eine rustikale Note nahe. Deine Arbeit im progressiven Milieu der Werbebranche bedeutete einen Hauch von Moderne. Deine Statur erforderte Bewegungsfreiheit. Die Arbeiter befolgten meine Anweisungen bis aufs i-Tüpfelchen und hielten die Terminvorgaben ein. Wir konnten das Ende der Arbeiten zum vorgesehenen Datum feiern. Ich hatte anlässlich deiner Rückkehr von einer langen Geschäftsreise in die Provinz ein Candlelight-Dinner vorbereitet.

Die Führung konnte beginnen. In Zukunft würdest du jeden Tag als erstes Zimmer den Salon betreten. Eine in der Nähe der Tür angebrachte Lautsprecherbox würde dich mit leiser Kammermusik besänftigen. Das in einer Nische aufgestellte Sofa mit himbeerrotem Lederbezug würde dich zum Sitzen einladen. Dein Blick würde auf dem Gelb der Zwischenwände verweilen, dein Herz sich erwärmen. Die roten Seidentaftvorhänge, die die Fenster verhüllten, würden jeden nicht hierher gehörigen Gedanken aus deinem Kopf vertreiben. Entspannt würden wir zu Tisch gehen. Du würdest mir zusehen, wie ich mich hinter der Bar mit letzten Vorbereitungen zu schaffen machte. Du würdest meine Gerichte an einem langen Landhaustisch genießen, auf einem mittelalterlichen Stuhl mit breiter Rückenlehne sitzend. Du würdest deinen Blick wandern lassen, er würde von dem in Schwammtechnik aufgetupften Wandanstrich in Orangetönen angezogen werden. Du würdest dein Bad nehmen. Dir würde warm werden, sehr warm. Weihrauchduft würde dich betören.

Teaklatten und weiße Fayence würden dich in den Orient entführen. In einer durch Grünpflanzen abgetrennten Duschecke würdest du dich mit kaltem Wasser abkühlen. Über einem Mosaik aus Smaragd und Jade würdest du dich erquicken. Deine Ermattung würde sich in Spannkraft verwandeln. Wenn du ein Handtuch vom Haken nähmst, um dich abzutrocknen, würdest du ein Mieder, ein Nachthemdchen oder ein Paar Strapse entdecken, von mir mit Bedacht nachlässig hängen gelassen. Nun würdest du bereit sein. Du würdest unser Schlafzimmer betreten. Ruheplatz und Lasterhöhle. Das Lila der Wände würde deine Stimmung lockern, das Zusammenspiel von Malve und Pflaume dich in die Atmosphäre eines Bordells vergangener Zeiten versetzen.

Ich wartete auf deine Reaktion.

»Und das Zimmer der Kleinen? Das hast du mir noch nicht gezeigt.«

»Entschuldige. Das hatte ich ganz vergessen.«

Deine Tochter stand vor ihrem neuen Schreibtisch. Sie sah dich und stürzte in deine Arme.

»Wie findest du dein neues Zimmer, mein Prinzesschen?«

»Hübsch ...«

»Du wirkst nicht gerade begeistert. Gefällt dir Mamas Einrichtung denn nicht?«

»Doch ... Aber ...«

»Aber was, meine Süße?«

»Ich weiß nicht ... Es ist zu schön ...«

Ich hatte an nichts gespart. Ich hatte die Wände mit Stoff bespannen lassen. Granatrotes Jutegewebe. Samtvorhänge in hellerem Farbton umrahmten das Fenster. In der Mitte des Zimmers prangte ein Himmelbett. Kopfkissen und Federbett waren stilgerecht mit echten Gänsedaunen gefüllt, die Tagesdecke aus Wolle und Seide gewebt. Das Parkett hatte ich durch einen dicken, flauschigen Teppichboden ersetzt. Ein richtiges kleines Nest ... ein einziges Staubnest.

Du hast mich beiseite genommen. Ob die Einrichtung nicht für ein Kind von elf Jahren etwas zu ernst sei? Meine Antwort kam wie aus der Pistole geschossen: Sie würde schließlich älter werden, nicht wahr? Ich hatte noch eine Überraschung für sie. Ein kleines Kätzchen. Deine Tochter war froh, aber verunsichert. Warum verwöhnte ich sie plötzlich so?

Der Winter zog sich ewig hin. Ich drehte die Heizung bis zum Anschlag auf. Ich lüftete das Zimmer der Göre immer seltener. Von Zeit zu Zeit fuhr ich mit dem Staubsauger um ihr Bett, nicht ohne vorher Beutel und Filter herauszunehmen. Ihr Körper machte das nicht lange mit, und Ende März hatte deine Tochter ihren ersten

Asthmaanfall. Das arme Schätzchen! Ich brachte sie zum Arzt. Er diagnostizierte eine Überempfindlichkeit gegen Staubmilben, Luftverschmutzung und Tiere. Er gab uns die Adresse eines Allergologen. Deine Tochter war beunruhigt.

»Mama, glaubst du, dass ich meine Katze weggeben muss?«

»Die Ärzte übertreiben immer. Wenn man auf sie hören würde, dürfte man gar nicht mehr leben. Geh nach deinem eigenen Gefühl.«

»Ich möchte sie nicht weggeben.«

»Das musst du entscheiden. Wenn du sie so lieb hast, könnten wir den Arzt etwas anschwindeln. Denk darüber nach, und dann reden wir noch mal.«

»Und du, hast du mich lieb, Mama?«

»Du liest zu viele Bücher. Komm, beeil dich, wir kommen noch zu spät.«

Wie hätte ich ihr erklären sollen, dass sie die Frucht deiner Launen war und dass ich deinem Flehen nicht hatte widerstehen können?

Das Asthma verschlimmerte sich. Betrübt gab sie die Katze zu einer Freundin. Um sie zu trösten, meldete ich sie zum Reitunterricht an. Das war eine Offenbarung. Voller Begeisterung ging sie zweimal pro Woche hin. Ein schwererer Anfall als die bisherigen brachte sie für zehn Tage ins Krankenhaus. Fachärzte untersuchten sie gründlicher – aber erfolglos. Eine Allergie kann man nicht heilen, sondern nur lindern. Sie empfahlen eine drastische Luftveränderung. Die Luftverschmutzung verschlimmere ihr Leiden. Nach Ende des Schuljahrs – es blieben nur noch zwei Wochen –, würden wir sie nach La Bourboule schicken. Was für ein lächerlicher Name; man kann sich geradezu daran verschlucken. Entschuldige, mein Herz, ich höre schon auf zu lachen.

Dort gab es eine Spezialeinrichtung. Das Klima dort war ausgezeichnet. Sie würde das normale Leben einer Elfjährigen führen. Tagsüber das Gymnasium besuchen und abends in das Zentrum zurückkehren, wo sie unter ständiger ärztlicher Betreuung stehen würde. Alles, was sie brauchte.

Ich hatte mir keinen Moment vorgestellt, dass du und ich mit von der Partie sein würden. Du rauftest dir die Haare. Das war unmöglich. Es musste doch eine andere Lösung geben. Nein. Die größte Werbeagentur Frankreichs versuchte, dich abzuwerben. Und du hattest vor, ein Buch zu schreiben.

Du bist zurück in ihr Krankenhauszimmer gegangen. Du bliebst lange an ihrem Bett sitzen. Durch das Fensterchen sah ich euch reden. Ohne euch hören zu können. Mein garstiges Stachelschwein regte sich wieder. Es rollte immer schneller und schneller um mein Herz. Ihr saht aus wie ein Liebespaar. Sie blickte mit ihren großen Augen zu dir auf. Du streicheltest ihre Wange. Sie lächelte dich an. Du küsstest sie. Sie senkte den Kopf. Du fasstest ihr unters Kinn. Meine Ohnmacht trieb mich zum Wahnsinn. Ich brachte nicht mal die Kraft auf, mich zwischen euch zu drängen. Ich blieb auf dem Gang sitzen und wartete auf dich. Du kamst heraus. Mit feuchten Augen. Sie hatte dich zum Weinen gebracht!

Unsere Ferien waren ein einziger Albtraum. Wir fuhren kreuz und quer durch die ganze Gegend um La Bourboule. Die Luft war gut, aber etwas Langweiligeres gibt es wohl nicht! Und du kümmertest dich nur um sie. Ich litt schweigend. Die Sache war es wert.

Am Samstagvormittag vor Wiederbeginn der Schule hatten wir einen Termin im Zentrum. Ich war überrascht. Anstelle eines baufälligen alten Spitals, in dem verbitterte Klosterschwestern hausten, lag hinter den zwei schmiedeeisernen Torflügeln ein gepflegter Park. Kinder fuhren auf Fahrrädern herum. Am Ende des Wegs erhob sich ein großes, nagelneues Gebäude. Die Direktorin empfing uns. Blond, sportliche Ausstrahlung, in ihr Gesicht stand reine Sanftmut geschrieben. Deine Tochter war gleich bezaubert. Du auch. Ich konnte mich beherrschen.

Die Anlage war erst zwei Jahre alt und umfasste eine Klinik, eine Turnhalle und ein Pensionat. Jedes Kind hatte sein eigenes Zimmer. Die Mahlzeiten wurden im Winter im Speisesaal und im Sommer auf der Terrasse eingenommen. Man konnte hier alle Sportarten betreiben.

Die Kleine konnte ihre Freude nicht verhehlen.

»Super, dann kann ich ja weiter reiten.«

Die Direktorin war einen Moment sprachlos, bevor sie erklärte:

»Aber du weißt doch, dass du das nicht darfst.«

Du runzeltest die Stirn. Ich wurde ganz klein.

»Warum?«

»Pferdehaar ist bekannt als Auslöser von Asthmaanfällen. Das hat man Ihnen doch sicher gesagt?«

»Nein. Und unsere Tochter war zweimal die Woche reiten.«

»Ich bin erstaunt, dass Ihr Allergologe das Thema nicht angesprochen hat. Das Reiten hätte man als Erstes verbieten müssen.«

Du hast dich zu mir umgedreht.

»Und du, hast du das gewusst?«

Ich antwortete im Brustton der Überzeugung:

»Natürlich nicht. Glaubst du etwa ...«

Du hast mir das Wort abgeschnitten. So eine Frechheit! Das hattest du noch nie getan. Dieses Kind hatte entschieden einen schlechten Einfluss auf dich.

»Sie wollen sagen, wenn sie nicht mit Pferden in Kontakt gewesen wäre, wären wir gar nicht hier?«

Jetzt brauste ich meinerseits auf. Warum sollte ich mich raushalten?

»Wir sind für nichts und wieder nichts hier. Lass uns alle drei zurück nach Hause fahren und das Reiten drangeben.«

Gut geschaltet. Die Direktorin beschwichtigte uns.

»Warten Sie, so einfach ist das nicht. Ihre Tochter leidet ja nicht nur an einer Allergie gegen Pferdehaar. Vergessen Sie nicht, dass sie zehn Tage im Krankenhaus war. Der nächste Anfall könnte tödlich sein. Sie braucht eine bekömmliche Umgebung, eine Art fortwährende Desensibilisierung. Mit anderen Worten: ein auf den Kampf gegen ihr chronisches Leiden zugeschnittenes Leben. Ich weiß, dass es schwer ist, sich von seinem Kind zu trennen. Vor allem, wenn es noch so jung ist. Aber sagen Sie sich, dass es zu ihrem Besten ist.«

Die Kleine hat nach deiner Hand gegriffen.

»Mir wird es hier gut gehen, Papa. Und dann kommst du mich ja besuchen, und ich werde dir jeden Tag schreiben und dich anrufen.«

»Du bist tapfer, meine Kleine. Versprich mir, mich so oft anzurufen, wie du möchtest. Und denk immer daran, dass ich dich sehr lieb habe.«

Ihr gabt ein rührendes Paar ab. Cosette und

Jean Valjean aus »Les Misérables«. Und ich war die böse Thénardier.

Sie verbrachte ihre erste Nacht im Zentrum. Deine war unruhig. Schade, unser Hotel war allerliebst und für erotische Kapriolen wie geschaffen. Am Sonntagmorgen gingen wir uns von ihr verabschieden. Eure Umarmungen wollten kein Ende nehmen. Mir gab sie einen Kuss auf die Wange. Sie begleitete uns zum Auto. Frech warf sie mir zu: »Pass gut auf Papa auf!« Sie hatte mich demaskiert.

9. Kapitel

Expandierendes Großhandelsunternehmen für Milchprodukte sucht Marketingleiter. Senden Sie Lebenslauf und Bewerbungsschreiben an Chiffre 356.« (Figaro vom 26. Juni 1973). Siehst du, ich habe den Zeitungsausschnitt aufbewahrt. Er liegt in der gleichen Schachtel wie die Bescheinigung deiner Wehrdienstuntauglichkeit. Diplome, Studentenausweise, die erste Krawatte, ein Zuckertütchen und die Bistrorechnung von unserer ersten Verabredung zum Kaffee, der Plastikstiel eines Lutschers, den wir uns geteilt haben: Dutzende stummer Schätze, die ich sorgfältig aufbewahrt habe.

Es war ein Familienunternehmen – Vater, zwei Söhne und eine Sekretärin. Sie kauften den Molkereigenossenschaften ihre Produkte ab und verkauften sie unter eigenem Namen weiter. Die Gewinne der Gesellschaft stiegen von Jahr zu Jahr. Der Inhaber, ein geschäftstüchtiger kleiner Glatzkopf, hatte erkannt, woher der Wind wehte. Seit 1968 war die Welt im Wandel. Er war in den USA gewesen, wo sich alle Geschäftsstrategien um das Markenimage drehten. Du hast ihn mit deiner Dynamik und deinem Ideenreichtum beeindruckt. Er hat dich sofort eingestellt.

Ich war eifersüchtig. Du fühltest dich wohl in dieser Firma. Ich lud sie alle zum Abendessen ein. Dein Chef erlag meinem Charme, und ich schloss sofort Freundschaft mit seiner Frau. Sie stammten aus der Vendée und waren praktizierende Katholiken; du hattest mich über sie ins Bild gesetzt. Ich hatte mich belesen. Ich zeigte mich in allem ihrer Meinung, noch bevor sie ein Wort von sich gegeben hatten. Ich räsonierte über den Verfall der guten, alten Werte. Die Jugend glaubte ja an überhaupt nichts mehr! Das würde sich eines Tages rächen! Unsere moderne Gesellschaft erhob den Sex zur Religion! Die Qualität des schulischen Unterrichts ließ immer mehr nach! Man erzählte den Kindern von den Segnungen des Kommunismus, dem Leiden des Volks unter der Monarchie, und präsentierte die französische Revolution als Befreiung, verschwieg dabei jedoch bewusst den Völkermord in der Vendée! Ein Geniestreich. Sie erzählten uns die schreckliche Geschichte ihrer Familie. Ich entrüstete mich. Ich schmähte die Republikaner, pries die Royalisten. Ich wurde eine der ihren. Mit ein paar Phrasen. Geschafft! Sie würden dir nichts zuleide tun.

Ich schmeichelte mich bei der Sekretärin ein. Ein wandelndes Tönnchen. Sie liebte Gesellschaftsspiele? Ich auch. Sie strickte? Ich wünschte mir nichts sehnlicher, als es zu lernen. Sie war ein Fan von Barbara Cartland? Ich las sie heimlich, damit mein Mann es nicht merkte. Wir würden uns einmal pro Woche treffen!

Die beiden Söhne waren in unserem Alter. Es war nur folgerichtig, nicht wahr, dass wir die gleiche Musik hörten? Sie waren unverheiratet? Sie hatten ja noch Zeit. Gut aussehend und intelligent, wie sie waren, würden sie kein Problem haben, das passende Deckelchen zu finden. Sie waren in der rechtsextremen Bewegung *Occident* aktiv gewesen und hatten gegen das Recht auf Abtreibung demonstriert. Ich respektierte ihre politischen Überzeugungen, und der Schwangerschaftsabbruch blieb das abscheulichste aller Verbrechen.

Sie umarmten uns zum Abschied. Wir waren in die Familie aufgenommen. Ich brachte die Sekretärin nach Hause. Es kam nicht infrage, dass sie ein Taxi nahm, und das Auto deines Chefs war voll. Du hast dich bei mir bedankt. Du bereutest nicht, mich geheiratet zu haben, ich sei wunderbar.

Ich telefonierte häufig mit der Sekretärin. Wenn ich Probleme mit einem Stickmuster hatte. Oder wenn ich nicht wusste, welche Nadelstärke ich für meine Strickerei kaufen sollte. Zum Abschluss unserer Gespräche erkundigte ich mich immer nach dir. War dein Geschäftstermin gut gelaufen? Mit wem warst du gleich verabredet? Die einfältige Trine erwies sich als unbezahlbar. Ein richtiges Trojanisches Pferd. Ihr hungriges Spitzmausgesicht und ihre traurigen Augen verrieten, dass sie nur auf einen Gebieter gewartet hatte. Jetzt war ich da.

Du hattest deinen Chef überzeugt, in die Fernsehwerbung zu investieren. Die Marke nahm einen sprunghaften Aufschwung. Ihr liefertet an Schulen, Cafeterias und Restaurants. Du stelltest mit Segen der Geschäftsführung drei neue Mitarbeiter ein. Ich half dir bei der Auswahl deiner Handlanger.

Ich hatte die Sekretärin überzeugt, dass sie die einzige Frau in der Firma bleiben sollte. In den Büros herrschte so ein gutes Arbeitsklima; es wäre zu schade, es durch Hühnerhof-Hickhack zu verderben. Sie gab mir völlig Recht. Auf deinem Schreibtisch landeten nur Bewerbungen von Männern.

10. Kapitel

Nach zehn Jahren im Marketing hattest du keinen rechten Spaß mehr daran. Dich lockte die Werbung. Bei einer Cocktailparty hattest du den Chef einer sehr renommierten Agentur kennen gelernt. Er hatte dir Avancen gemacht. Du zögertest erst, dann nahmst du an. Stürztest du dich ins Ungewisse? Aber nein, du würdest deine Spitzmaus von Sekretärin mitnehmen, damit sie dich in dem unterstützte, was du »ein neues Abenteuer« nanntest.

Im Dezember gab deine Agentur eine Abendgesellschaft. Alle Mitarbeiter und ihre Partner waren eingeladen. Wir saßen am Tisch des Direktors. Für mich war das Abenteuer nicht neu. Wieder einmal machte ich mich bei der Frau des Chefs lieb Kind. Eine versnobte Ziege, die die Aktienmehrheit der Firma besaß und hochtrabende Reden hielt. Sie schwadronierte. Nach dem Essen zündete sie einen Joint an und hielt ihn mir hin. Das letzte Mal, dass ich mich hatte gehen lassen, war ich schwanger geworden.

Trotzdem ging ich das Risiko ein. Ein weiteres Kind konnte ich jedenfalls nicht mehr bekommen. Ich hatte mir kurz nach der Geburt des vorigen die Eileiter unterbinden lassen ... Das wusstest du nicht? Lieg still, ich werde es dir erzählen. Du sollst nicht in Unwissenheit sterben.

Gleich nach der Entbindung hatte ich mich bei einem Fitnesscenter angemeldet, um mich wieder in Form zu bringen. Dort lernte ich eine Gynäkologin kennen. Eine Feministin reinsten Wassers, die ununterbrochen ihre nebulösen Thesen wiederkäute. Sie interessierte mich nicht. Ich mied sie.

Eines Tages äußertest du, über das Bettchen der kleinen Rübe gebeugt, den Wunsch nach einem zweiten Kind. Ich bin nicht darauf eingegangen. Es hat mir die ganze Nacht keine Ruhe gelassen. Erst gegen Morgen bin ich eingeschlafen, aller Sorgen ledig.

Ich saß in der Umkleide des Studios, als die Xanthippe hereinkam. Ich spürte ihren Blick auf mir. Sie kam näher und nahm mich in den Arm. Eine Lesbe, sie war eine Lesbe!

»Hat dich ein Mann in diesen Zustand gebracht?«

Ich nickte.

»Das hab ich mir gedacht. Erzähl es mir, Kleines.«

Zwischen zwei Schluchzern tischte ich ihr meine Lüge auf. Du wolltest sechs Kinder, wir hätten schon vier. Ich sei dreißig und hätte die besten Jahre meines Lebens aufs Kinderkriegen verschwendet. Ich sei am Ende. Du erlaubtest mir nicht, die Pille zu nehmen.

»Einer nicht besser als der andere. Lass dir die Eileiter abschnüren.«

»Ich kann nicht. Wenn er davon erfährt, bringt er mich um.«

Ich fing wieder an zu weinen. Ihr aufgeschwemmtes Gesicht verzog sich zu einem abstoßenden Grinsen.

»Warum sollte er es erfahren? Du gehst in eine Privatklinik, lässt dich verarzten und verduftest wieder. Schluss, aus.«

Feministin, Lesbe und vulgär.

»Ich bin Gynäkologin. Ich gebe dir eine Adresse, wenn du willst. Das ist eine Freundin von mir.«

Die Tage danach habe ich mehrfach über Bauchschmerzen geklagt. Schließlich hast du mir befohlen, zum Arzt zu gehen.

In der Klinik habe ich der Chirurgin, der Freundin der dicken Kuh, meinen Fall erklärt. Sie wusste Bescheid. Ihre Freundin hatte ihr alles erzählt. Sie freute sich, mir helfen zu können. Es war ja für eine gute Sache. »Frauen müssen frei über ihren Körper bestimmen können.« Ich habe sie bewundernd angestaunt. Sie ging mir auf den Leim und gab mir einen Operationstermin.

Ich gab mich bestürzt, als ich dir berichtete, dass ich Zysten an den Eierstöcken hätte. Ich müsste mich operieren lassen. Das Gesicht in den Händen vergraben, teilte ich dir mit, dass ich keine Kinder mehr würde bekommen können ... Glaub mir, mein Herz, dich anzulügen, machte mich ganz krank.

Die Operation ging ohne Komplikationen vonstatten. Ich war bald wieder auf den Beinen. Es war toll, dieses Gefühl der Unbeschwertheit. Ein Hochgefühl wie damals auf dem Gymnasium, an dem Tag, an dem man mich für ein Jahr vom Sportunterricht befreit hat.

11. Kapitel

Entschuldige, Liebster, ich bin abgeschweift. Wir waren bei der Abendgesellschaft deines neuen Arbeitgebers. Zurück dazu.

Die Frau deines Chefs bot mir also einen Joint an. Ich nahm ihn und zog vorsichtig daran. Ich wollte die Kontrolle über mein Tun und Lassen nicht verlieren. Auf der Tanzfläche schwangen rund fünfzig Leute die Hüften. Diese neue Bedrohung hatte ich nicht gewittert. Jetzt sprang sie mir ins Auge. Myriaden junger Flittchen, die ihre nymphenhaften Körper in eng anliegenden Stretch-Vierecken zur Schau stellten. Ich war 42.

Eine Gruppe nahm ich schärfer ins Visier. Die Gefährlichsten. Sie tratschten und tranken zusammen. Ich erhob mich, als ob ich zur Toilette wollte, und steuerte auf sie zu. Mit einem leeren Glas bewaffnet, bat ich sie um etwas Sekt. Sie hatten einen in der Krone? Ich auch! Am Tisch der Geschäftsleitung wurde nur von Arbeit gesprochen, und ich war doch hier, um mich zu amüsieren. Sie luden mich ein, mich zu ihnen zu setzen. Sie fragten mich aus. Wer ich sei? Eine neue Mitarbeiterin? Nein? Was ich denn sonst so im Leben machte ...? Ich sondierte meinerseits. Die Namen ihrer Vorgesetzten. Ihr Alter. Ihre Stellung in der Agentur. Meine Witterung hatte mich nicht getäuscht. Drei von ihnen gehörten zu deiner Abteilung. Sie fanden mich sympathisch für die Frau eines Abteilungsleiters.

Gegen Ende des Abends gingen wir zu persönlicheren Gesprächsthemen über. Sie vertrauten mir einige Anekdoten über das Sexualleben der Agenturangestellten an. Ich hatte mich nicht geirrt. Sie brüsteten sich, sie vom Laufburschen bis zum Buchhalter alle durchprobiert zu haben. Ich ließ mich meinerseits über pikante Einzelheiten meines Intimlebens aus, erfand flüchtige Abenteuer, legte mir junge, virile Liebhaber ohne Hirn zu. Sie staunten mich mit offenem Mund an. Ich präsentierte mich als erfahrene Frau, die sich nur für Sex interessierte. Ich machte es in allen Stellungen – im Liegen, im Stehen, kopfunter, im Sitzen, in der Hocke, anal, Fellatio mit und ohne Schlucken ... Parkplätze, Toiletten, Autos, öffentliche Transportmittel, Parks, Umkleidekabinen in Kaufhäusern, ich schreckte vor keinem Tabu zurück. Ich ließ meiner Fantasie freien Lauf. Ich gab ihnen gute Ratschläge, verriet ihnen meine Vorlieben. Ich unterbrach mich mitten im Satz, ließ mein Publikum für die Dauer eines Zigarettenzugs erwartungsvoll schmoren.

Ich lächelte, die Augen in unbestimmte Ferne gerichtet, während ich vorgab, mich an unvergessliche Momente zurückzuerinnern. Sie fragten mich aus, bestürmten mich, in meinen Beschreibungen präziser zu werden. Von Zeit zu Zeit sah ich zu dir hinüber. Du winktest mir fast unmerklich zu.

Mir gingen allmählich die Ideen aus, als mich die Frage, auf die ich gewartet hatte, erlöste.

»Und Ihr Mann?«

Ich verzog das Gesicht. Seufzte. Der gierige Ausdruck ihrer Augen zeigte mir, dass meine Schweigeminute wirkte.

»Das ist eine schreckliche Geschichte mit uns beiden. Zu Beginn unserer Ehe war er derjenige, der mich in die Freuden des Sex eingeführt hat. Er hat mich von allen Hemmungen, allen konventionellen Vorstellungen befreit. Wir haben zusammen alle Grenzen überschritten. Damals hatte ich mit ihm drei, sogar vier Orgasmen in Folge. Es war wirklich wunderbar. Wir haben ein Kind bekommen. Wir waren seit zehn Jahren verheiratet ... Nach und nach ist sein Interesse am Sex eingeschlafen. Er wurde immer konventioneller und hat nichts Neues mehr ausprobiert. Ich habe mich gelangweilt. Es gab keine Missstimmung zwischen uns und keine Tabuthemen. Wir haben ausführlich über die Sache gesprochen. Er verstand selbst nicht, was mit ihm los war. Durch langes Analysieren und Selbstbeobachtung sind wir zu der Erkenntnis gelangt, dass ihn Frauen nicht mehr reizen. Seine hemmungslose Lust war Ausdruck einer latenten Homosexualität. Wir liebten uns immer noch, aber er begehrte mich nicht mehr. Weder mich noch eine andere. Wir sind übereingekommen, uns nicht zu trennen. Wir brauchen einander. Stattdessen würden wir uns jeder für sich amüsieren. Wir haben bestimmte Regeln festgelegt. Unsere Tochter durfte nichts davon ahnen. Unsere Eskapaden würden sich nicht in unserer Wohnung abspielen ... Wir sind glücklich ... Eine Weile habe ich gehofft, er würde zu mir zurückfinden ... Vergeblich. Er hat seinen Weg gefunden. Und ich meinen.«

Sie waren völlig gebannt. Sprachlos. Ich rauchte und wartete ihre Reaktionen ab. Eine von ihnen hauchte, das sei eine außergewöhnliche Geschichte, dass das Wort Liebe hier wieder seine ursprüngliche Bedeutung erhielte, als »Synonym für Vergebung«. Ich holte zum letzten Schlag aus. Von Vergebung könne keine Rede sein. Was vergeben? Er habe mir ja kein Leid getan. Wir hätten märchenhafte Jahre verlebt, die uns auf ewig zusammengeschweißt hätten. Jetzt hätten wir eine neue Art von Glück gefunden. Er sei mein Liebhaber gewesen, dann sei er mein Freund, mein Bruder, mein Vertrauter, mein Beschützer geworden. Ob ich dadurch nicht gewonnen hätte? Ich liebte ihn so, wie er sei.

»Und mit den Frauen hat er es gar nicht mehr?«

»Nein ... Versuchen Sie ruhig ihr Glück bei ihm; Sie werden ja sehen.«

Sie waren peinlich berührt, lachten gezwungen. Die Stimmung war plötzlich umgeschlagen. Ich ließ sie in ihrem Unbehagen schmoren. Kostete den Erfolg meiner unmoralischen Fabel aus.

Die Vorwitzigste von ihnen lockerte die Spannung durch einen Scherz:

»Ich werd mich doch nicht ins Zeug legen, um einen Typ anzugraben, bei dem ich mir nur einen Korb einfange!«

Alles brach in Gelächter aus. Ich stimmte ein.

Du kamst mich holen. Sie gafften dich an. Ich konnte es in ihren Augen lesen: Was für eine Vergeudung! Ich versprach ihnen, sie im Büro besuchen zu kommen. Ich schlängelte mich zurück zum Tisch, an dem dein Chef und seine Frau gierig an einem weiteren Joint zogen. Er hing auf seinem Stuhl; offenbar war ihm die Kraut-Alkohol-Mixtur nicht so gut bekommen. Sie hingegen schien noch bei klarem Verstand zu sein. Ich entschuldigte mich dafür, sie im Stich gelassen zu haben. Und steckte ihr unsere Telefonnummer zu, damit wir uns mal in ruhigerer Atmosphäre treffen könnten.

Bevor du mich ausfragen konntest, ließ ich mich begeistert über die Mitarbeiter der Agentur aus. Die Leute seien nett und aufgeschlossen. Die Mädchen, mit denen ich mich unterhalten hatte, hätten mich spontan an ihren Tisch eingeladen, als ich nach einem Glas suchte. Meines sei verloren gegangen. Ich hätte mich mit ihnen gut amüsiert. Du hast mir die Wange gestreichelt. Ich sei unglaublich. Ob es wohl einen Menschen auf der Welt gebe, mit dem ich mich nicht verstände?

Zwei, drei Tage nach der Abendgesellschaft rief mich deine Sekretärin an. Sie müsse mich unbedingt treffen.

Ich parkte das Auto vor den Fenstern des Restaurants, in dem wir verabredet waren. Sie kaute an ihren Nägeln, verknotete die Finger. Ich plante meinen Auftritt. Sollte ich mich aufgeregt geben, die Tür heftig aufstoßen? Oder arglos, mich an einen anderen Tisch setzen und so tun, als ob ich sie nicht gesehen hätte? Am besten war es wohl, ganz natürlich zu sein.

»Guten Tag, geht es Ihnen gut?«

»Guten Tag, Madame.«

»Was ist denn passiert? Sie wirken so beunruhigt. Haben Sie Probleme?«

Sie zögerte einen Augenblick, bevor sie antwortete:

»Nicht ich, Madame.«

»Wer dann? Mein Mann?«

». . .«

»Kommen Sie, meine Liebe, Sie haben mich

doch nicht für nichts und wieder nichts herbestellt? Ich bin ganz Ohr.«

»Es gibt Gerede in der Agentur.«

Ich war entzückt.

»Gerede? Erzählen Sie.«

»Es geht das Gerücht, Ihr Mann sei homosexuell.«

»Ist das alles? Regen Sie sich über so eine Lappalie nicht auf. Lassen Sie den Leuten ihre schmutzige Fantasie. Sie und ich wissen, dass das nicht stimmt. Die Meinung der anderen? Da scheren wir uns nicht drum. Versuchen Sie gar nicht erst, dagegen anzureden. Das bringt nichts. Die Menschen haben nun mal das Bedürfnis, über ihre Mitmenschen zu Gericht zu sitzen. Vor allem über solche von untadeligem Charakter. Auch eine Art, das eigene Selbstwertgefühl aufzubessern. Sehen Sie, ich wäre auch nicht überrascht, wenn man mir eines Tages berichten würde, dass Sie mit meinem Mann schlafen. Jeder hat seine Probleme, und anderen welche anzudichten, erlaubt es einem, die eigenen zu verdrängen.«

»Sie sind zu gütig, Madame.«

»Das ist keine Güte. Ich wünsche mir nur Ruhe und Frieden. Das wird mich nicht daran hindern, mich erhobenen Hauptes am Arm meines Mannes zu zeigen. Ich habe gelernt, zu leben, ohne mir um die Meinung anderer Gedanken zu machen ... Aber ich möchte Sie bitten, ihm gegenüber diskret zu sein. Er darf nichts davon erfahren. Er hat viel Arbeit, und diese Geschichte würde ihn zu sehr aufregen. Ihn vor solchen Unannehmlichkeiten zu schützen, gehört zu ihren Aufgaben. Ich habe volles Vertrauen zu Ihnen.«

»Danke, Madame. Ich werde mich Ihres Vertrauens und Ihrer Freundlichkeit würdig zeigen. Ich verspreche Ihnen, dass diese Schändlichkeit nicht über die Schwelle seines Büros gelangen wird.«

»Gut. Und sonst, macht Ihnen Ihre Arbeit noch Spaß?«

»Ja, nur dass ich mich in diesem Unternehmen etwas fehl am Platz fühle. Die Mädchen sind alle jünger, hübscher und dünner als ich. Sie sind immer nach der neuesten Mode gekleidet.«

Das schoss wirklich den Vogel ab. Jetzt wollte sie auch noch schön sein. Neben ihrer hündischen Treue schätzte ich an ihr gerade ihre Hässlichkeit.

»Papperlapapp! Sie sind sehr hübsch. Sie haben Kurven, ja und? Wollen Sie wirklich wie diese Bohnenstangen aussehen? Weshalb haben Sie Komplexe? Ziehen Sie sich jünger an. Haben Sie Mut zu figurbetonten Röcken und Hosen. Wichtig ist, dass man sich wohl in seiner Haut fühlt. Zum Teufel mit den Diäten! Wollen Sie sich die Freude am Essen nehmen, nur um bei diesen Idioten Beachtung zu finden? Mein Mann und ich, wir mögen Sie sehr. Der Wert eines Menschen ist nicht am Äußeren zu messen. Intelligente Menschen lassen sich nicht irreführen. Sie lassen sich nicht von einem knackigen Hintern blenden.«

»Sie haben immer auf alles eine Antwort.«

»Seien Sie nicht mehr traurig. Sie haben ein so schönes Lächeln. Lassen Sie Ihr Herz sprechen. Seien Sie Sie selbst, ändern Sie sich nicht. Sie sind perfekt.«

»Sie haben Recht, Madame. Danke.«

»Da gibt es nichts zu danken; gehen Sie rasch zurück an die Arbeit. Pünktlichkeit ist die Höflichkeit der Könige.«

Ich sah ihr nach. Es hätte schon Herkulesarbeit erfordert, sie eines Tages küssbar zu machen.

12. Kapitel

Ich habe dir nie von meinen Eltern erzählt. Du hast mir natürlich Fragen gestellt. Ich habe vage Antworten gegeben. Du hast nicht nachgebohrt.

Eines Morgens sprach mich die Hausmeisterin an. Am Vortag sei eine Frau vorbeigekommen und habe geklingelt. Ich sei nicht da gewesen. Sie habe keine Nachricht hinterlassen, sondern nur gesagt, sie würde wiederkommen. Ich dachte an eine Vertreterin und bedankte mich bei der Klatschbase.

Es war eines dieser Wochenenden, an denen wir deine Tochter besuchten. Ich ging nach unten, wo du schon beim Auto wartetest. Du warst in ein Gespräch mit einem alten Mütterchen vertieft. Es regnete in Strömen, und ich konnte nicht viel von ihr sehen. Sie versteckte sich unter einem Regenmantel in Übergröße und einem kleinen schwarzen Schirm, an dem eine Strebe gebrochen war. Ich sah nur zwei weiße Plastiktüten, die sie neben sich abgestellt hatte. Ich dachte, es sei eine Pennerin, die dich anbettelte. Du winktest mich heran. Sie drehte sich um. Es war meine Mutter. Wie lange war sie schon hier? Nachzusehen, ob alle Lampen aus waren, die Heizung umzuprogrammieren, das alles hatte mich gut zehn Minuten gekostet. Was hatte sie dir in zehn Minuten erzählt? Woher wusste sie, dass du mein Mann warst? Ich war seit über 20 Jahren aus ihrem Leben verschwunden. Was wollte sie? Warum tauchte sie jetzt wieder auf?

Ihre Äuglein belauerten mich. Sie hielt mir die Wange hin. Regentropfen flossen durch die Schluchten ihrer Falten. Meine Lippen streiften sie voller Abscheu. Ihre runzlige Hand berührte mein Haar. Ich zuckte zurück. Was für ein Horrorszenario!

Mein Hutzelweiblein von Mutter stand gebeugt vor mir. Ihre Bewegungen hallten in meinem Kopf wider wie das Echo zweier aufeinander klappernder Knöchelchen. Mir war speiübel. Du lächeltest mich an, um mich zu mehr Gefühlsseligkeit zu mahnen. Du trieftest an meiner Stelle vor Wohlwollen. Meine Mutter schielte verwirrt in meine Richtung.

Ich setzte diesem schlechten Film ein jähes Ende. Wir seien in Eile. Der Angestellte des »Grand Hôtel« von La Bourboule habe mir ausdrücklich nahegelegt, vor 23 Uhr da zu sein. Meine Übellaunigkeit verstimmte dich; du wandtest dich ihr demonstrativ zu. Ob sie länger in der Stadt sein würde? Ob sie nächste Woche zum Abendessen kommen wolle? Montag? Wunderbar.

Im Auto hast du mir eine Predigt gehalten. Mein Verhalten sei beschämend. So gehe man nicht mit seiner Mutter um. Die arme Frau habe Himmel und Hölle in Bewegung gesetzt, um mich zu finden. Sie sei bei meiner früheren Wohnung gewesen, wo die Hausmeisterin ihr von unserer Heirat erzählt habe – verflucht seien diese Hexen von Hausmeisterinnen! Auf dem Rathaus habe man ihr meinen neuen Familiennamen mitgeteilt – verflucht seien all diese Beamten! Sie habe alle Träger dieses Namens durchtelefoniert, bis sie an deine Schwester geraten sei, die ihr unsere Adresse gegeben habe – verflucht sei deine Schwester! Diese blöde Schnepfe hatte ihren Mädchennamen an den ihres Ehemanns angehängt. Sie hätte besser daran getan, sich um die Seitensprünge ihres Manns zu kümmern! Und meine Mutter, welcher Teufel hatte die geritten? All diese Anstrengungen, um mich zu finden ... Vielleicht war sie todkrank?

Du hast mich aus meinen Gedanken gerissen. Warum diese Reaktion? Erschütterung über das Wiedersehen? Nein. Meine Mutter habe mich früher einmal sehr enttäuscht. Ich wolle nicht darüber sprechen und sie schon gar nicht wiedersehen. Ich bat dich inständigst, nicht weiter zu fragen. Wenn du mich liebtest, würdest du dich gedulden.

Ich glaube, jetzt ist die Zeit gekommen. Du

schläfst. Du wirst mich anhören, ohne mich wegen meiner Verbitterung zu verurteilen.

Meine Mutter war 18, als sie meinen Vater kennen lernte. Die einzige Erinnerung an ihn? Ein Foto. Er war 25. Ich war noch zu klein, als er uns verließ, um mich an sein Gesicht erinnern zu können.

Es war 1945. Meine Mutter, Tochter von Bauersleuten, nutzte den Krieg, um von ihren Reizen zu leben. Das Regiment meines Vaters war im benachbarten Dorf stationiert. Meiner Mutter zufolge war es Liebe auf den ersten Blick. Ich glaube eher, dass sie sich in seine Brieftasche verguckt hatte. Er seinerseits war verrückt nach ihr. Nach dem Abzug seiner Truppe kam er sie besuchen, wann immer er Urlaub erhielt. Er überschüttete sie mit Geschenken. Sie, die bisher nicht einmal geahnt hatte, dass eine Frau sich parfümieren könnte, entdeckte schöne Kleider, Restaurants, das Meer. Er achtete sie. Von klein auf hatte man ihr eingetrichtert, dass die Frauen den Männern zu dienen hätten. Er hielt ihr die Tür auf, erhob sich, wenn sie hereinkam, half ihr in den Mantel. Sie kam auf den Geschmack. Man kann es ihr kaum verdenken.

Nach Kriegsende stellte mein Vater sie seinen Eltern vor. Sie gefiel ihnen nicht. Sie waren eine alte, gutbürgerliche Familie. Meine Mutter passte nicht in ihre Welt; sie lehnten sie ab. Mein Vater nahm keine Rücksicht darauf; er heiratete sie. Er brachte ihr alles bei. Sich bei Tisch zu benehmen, sich richtig anzuziehen, dialektfrei zu sprechen. Er lehrte sie sogar das Lesen und Schreiben. Meine Großeltern fanden sich schließlich mit ihr ab. Sie hatten Angst, ihren einzigen Sohn zu verlieren. Meine Großmutter hat einmal zu mir gesagt: »Deine Mutter kann sich mit feinen Düften parfümieren, sich mit schönen Kleidern und Hüten herausputzen, sie wird trotzdem immer nach saurer Milch riechen und wie eine Gans daherwatscheln. Bis ans Ende ihrer Tage.« Wie du daraus entnehmen kannst, hatte sie sie nicht gerade ins Herz geschlossen.

Mein Vater bot meiner Mutter ein traumhaftes Leben. Sie hatte das Glück gehabt, ihrem Märchenprinzen über den Weg zu laufen. Er war Börsenmakler. Sein Vater, amtlicher Kursmakler, vermachte ihm seinen Posten.

Meine Eltern hatten ihre eigene Stadtvilla mit Dienstboten. Als ich 1949 zur Welt kam, geriet ihr Leben durcheinander. Meine Mutter verweigerte die Hilfe eines Kindermädchens. Sie fühlte sich imstande, ihr Kind ohne Hilfe großzuziehen. Meine Großmutter versuchte, ihr das auszureden. Mein Vater ließ sie nach ihrem Gutdünken handeln. Er liebte sie so sehr.

Ich war ein sehr launisches Baby und weinte ein Jahr lang jede Nacht. Ein Leidensjahr für meinen Vater, den ich um drei Uhr morgens weckte. Er war müde, aber er beklagte sich nie. Meine Mutter wollte nicht, dass ich in einem eigenen Zimmer schlief. Sie ließ zu, dass ich ihr Leben völlig vereinnahmte. Sie verweigerte sich den Zärtlichkeiten meines Vaters unter Berufung auf meine Anwesenheit. Man dürfe mich nicht wecken. Ich wurde zum Mittelpunkt ihres Lebens. Sie ging abends nicht mehr mit meinem Vater aus. Wenn ich krank war, mutierte sie zur Krankenschwester. Kleider interessierten sie nicht mehr. Sie ließ sich körperlich gehen. Sie verwandelte sich in die ungehobelte Bäuerin zurück, die sie einst gewesen war. Als ich alt genug war, um in die Schule zu gehen, engagierte sie einen Hauslehrer. Sie versank in Schwermut, weil sie mich nicht selbst unterrichten konnte. Meine Großmutter machte sich den Zustand meiner Mutter zunutze, um mich zu sich zu nehmen, mir Manieren beizubringen, wie sie sagte.

In seiner unerschütterlichen Liebe rackerte sich mein Vater für meine Mutter ab wie ein Wilder. Er schickte sie zur Schlafkur, ging mit ihr auf Reisen, opferte sich für sie auf. Sie scherte sich nicht darum. Sie wollte nur mich zurückhaben.

Zum Glück stemmte sich meine Großmutter dagegen. Sie drohte, ihr das Sorgerecht offiziell aberkennen zu lassen. Meine Mutter, ungeheuer dick geworden, irrte den ganzen Tag in der Stadtvilla umher. Wenn mein Vater von der Arbeit kam, fand er sie flennend in meinem Zimmer. Machtlos gegen den Verfall seiner Frau nahm er sich das Leben.

Später hat man mir erzählt, er habe sich an der Börse verspekuliert. Und er sei überschuldet gewesen. Ich habe das nie geglaubt.

Nach dem Tod meines Vaters hat meine Großmutter das Sorgerecht für mich vor Gericht erstritten. Meine Mutter wurde in eine psychiatrische Klinik eingewiesen. Ich war zwölf, als sie entlassen wurde. Sie hatte Anrecht darauf, mich jedes zweite Wochenende zu sehen. Ich hasste diese Wochenenden, an denen ich mit meinem kleinen Koffer zu ihr in ihre schäbige Zweizimmerwohnung fuhr. Es war mir peinlich, mit dieser fetten Frau in Lumpen, spazieren zu gehen, die mich mit ihrer Abschleckerei zu ersticken suchte. Als meine Großmutter starb, war ich 17. Meine Mutter wollte, dass ich zu ihr ziehe. Ich weigerte mich kategorisch. Nach dem Abitur mietete mir mein Großvater ein Appartement bei einer alten Dame in Uninähe. Dann starb auch er. Meine Mutter wartete manchmal vor meiner Tür auf mich. Ich ging immer an ihr vorbei, ohne sie eines Blickes zu würdigen.

Du siehst, mein Liebster, sie hat meinen Vater getötet. Warum ich dir das nicht früher erzählt habe? Bei dir bekommen selbst die schlimmsten Verbrecher immer noch mildernde Umstände. Du hättest mich nie dazu überreden können, meine Mutter zu begnadigen, und das hättest du mir angekreidet.

Wie verabredet, klingelte meine Mutter am Montagabend nach unserer Rückkehr von La Bourboule an unserer Tür. Ich machte nicht auf. Eine halbe Stunde später kamst du nach Hause. Mit ihr.

»Du hast mir einen Schrecken eingejagt, Liebes. Ich dachte, du seist nicht da. Deine Mama hat geklingelt, und es hat keiner aufgemacht. Sie wäre fast schon wieder gegangen. Zum Glück bin ich ihr in der Halle begegnet.«

»So ein Glück, in der Tat.«

Wir setzten uns zu Tisch. Butternudeln. Ich ließ euch reden. Sie sprach mit zitteriger Stimme, suchte nach Worten. Ihre schrumpelige Hand zerknüllte die Serviette. Sie senkte den Kopf. Ein jammervolles Bild. Das Telefon klingelte. Es war für dich. Die Arbeit. Du hast die Tür hinter dir zugemacht. Nun zu uns beiden, meine Liebe!

»Hör mit dieser Schmierenkomödie auf. Schau mir in die Augen, wenn du nicht zu viel Angst hast, und hör mir gut zu. Ich habe keine Mutter. Ich hatte einen Vater. Du bist schuld, dass ich ihn nie kennen gelernt habe. Wenn ich in dieser Welt über Leben und Tod zu bestimmen hätte, wärst du mein erstes Opfer gewesen. Deine Krokodilstränen helfen da gar nichts. Versuch nur dieses eine Mal, etwas Würde an den Tag zu legen. Mein Mann kommt gleich wieder, dann essen wir zu Ende. Ich will den Schatten deiner erbärmlichen Gestalt hier nie wieder sehen. Deine klägliche Stimme nie wieder hören. Du wirst hier rausgehen und nie wiederkommen.«

»Aber, meine kleine Tochter, dein Vater hat sich das Leben genommen, weil er ruiniert war. Das weißt du ...«

»Ihr habt mich alle angelogen. Selbst Großmutter, als sie schon so krank war, auf dem Totenbett noch, hatte nicht den Mut, die Wahrheit zu sagen ... Wenn du nicht verschwindest, werde ich dir das Leben zur Hölle machen. Genau wie das, was du mir als Kind angetan hast.«

Das Klicken des Telefons ließ mich verstummen. Ich drehte dir den Rücken zu, als du wieder ins Zimmer kamst, sodass du meine Zornestränen nicht sehen konntest. Gott sei Dank!

Bis zum Ende der Mahlzeit wagte meine Mutter nicht mehr den Mund aufzumachen. Du hast die Konversation bestritten. Als Monolog. Ich ließ mir meine Schokoladenspeise schmecken. Schweigend.

Meine Mutter verschwand sang- und klanglos von der Bildfläche. Ich glaube, sie ist tot.

13. Kapitel

Du wirst dich fragen, warum ich bis heute gewartet habe, um dich zu töten. Wegen deines Geburtstags, mein Schatz! Unsere Geschichte hat es verdient, an einem Festtag zu Ende zu gehen. Fühlst du dich wohl, Liebster? Lieg still, ich werde dich ein bisschen gerade rücken. Wie schwer du bist! Kein Wunder, du isst für drei.

Ich für meinen Teil mag Geburtstage nicht. Erinnerst du dich an meinen 45.?

1994, ein schreckliches Jahr. »Herzlichen Glückwunsch zum Geburtstag, meine Kleine.« Die Worte hallen jetzt noch in meinem Kopf wider. Du warst aufgestanden, ohne dass ich es bemerkt hatte. Panik. Ich hatte mir die Zähne noch nicht geputzt, mich nicht frisiert. Ich musste grässlich aussehen. Du hast mich in die Küche getragen. Der Frühstückstisch war gedeckt. Es war allerliebst, du hattest an alles gedacht. Blumen, Gebäck, Baguette, Tee, nichts fehlte.

»Also, wieder ein Jahr mehr heute?«

Wie alt war ich doch gleich? Verdammter Mist.

45. Fast ein halbes Jahrhundert. Eine Antiquität. Meine Augen hefteten sich auf deinen Schreibtisch. Er war nur zehn Jahre älter als ich. Ich war wie er: ein Möbelstück. Ihn staubte ich ab, mich schminkte ich ab. Ihn behandelte ich gegen Würmer, mich mit Hautpeelings. Ihn polierte ich, mich cremte ich. Ihn schmückte ich mit Nippes, mich bemalte ich mit Schminke. 45 Jahre. Ich hatte nicht gemerkt, wie die Zeit verging. Dieses Aas hatte sich ganz klein und unauffällig gemacht. Sie hatte sich im Schutze der Zufälligkeiten des Lebens angeschlichen, damit ich sie vergessen sollte. Es war ihr gelungen. Keinen Augenblick hatte ich ihre Anwesenheit bemerkt.

»Liebes, woran denkst du?«

»An nichts ... Das ist nett, dieses Überraschungsfrühstück!«

»Man wird ja nicht alle Tage 45. Möchtest du ein Croissant oder eine Brioche?«

Ich hatte keinen Hunger. Ich aß, ohne richtig schlucken zu können. Ein Schwall von Schluchzern blockierte mir die Kehle. Ich lächelte dich an. Du durftest nichts davon wissen. Du hast mich lange umarmt, bevor du gingst.

»Mach heute kein Abendessen, wir gehen ins Restaurant.«

Die Tür schloss sich hinter dir. Ich rannte in Richtung Toilette.

Im Badezimmer eingeschlossen, nackt vor

dem Spiegel, nahm ich meinen Körper unter die Lupe. Heute würde er mich nicht belügen.

»Spieglein, Spieglein an der Wand, sag mir, bin ich die Schönste im Land?« »Du armes Mädchen, schau dich doch an.«

Fältchen umrahmten meine Augen, die nach unten abgesackt waren. Ich versuchte, sie hochzuschieben. Die Last der Jahre zog sie wieder herunter. Über meinen welken Wangen breiteten sich zwei pigmentfleckige Halbmonde aus. Furchen zogen sich um meine Nasenflügel. Mein Mund – eine Rosenknospe, hattest du gesagt – verblühte. Seine Kontur franste aus. Meine Brüste erschlafften. Meine Taille ging in die Breite. Die sanfte Abgrenzung meiner Pobacken? Gräben. Meine Schenkel waren mit geplatzten Äderchen marmoriert. Eine Straßenkarte überzog meine Waden. Selbst meine Zehen, an denen du so gern knabbertest, verformten sich. Trotz allen Sports hatte ich an Bauch, Armen, Hüften Speck angesetzt. Kleine braune Flecken verunzierten meine Haut. Kein Zentimeter meiner Anatomie war verschont geblieben. War dir schon aufgefallen, dass dein Engel die Flügel hängen ließ? Dass dein Blümchen dahinwelkte? Liebtest du mich noch?

Schnell, ins Schlafzimmer. Ich schlüpfte in das Ensemble, das ich zu unserer Hochzeit gekauft hatte. Der Rock passte. Es war noch nicht alles verloren. Die Hemdbluse ließ sich problemlos zuknöpfen. Wunderbar. Mein Körper hatte sich gar nicht so sehr verändert. Er war reifer geworden, das war alles. Trotzdem, auf dem Foto wirkte mein Busen voller. Dabei trug ich immer noch die gleiche BH-Größe. Schnell, eine Lupe. Zwei kecke Nippel zeichneten sich unter der Bluse ab. An dem Tag hatte ich nichts unter der Popeline getragen. Heute, zu meinem 45., würde ich es genauso halten.

Erbarmen, verschont mich mit dem Anblick dieser verschrumpelten Zitzen, die ich nicht mehr sehen kann! Ich warf mich weinend aufs Bett. Dekolletés, Korsagen, knappe Tops. Vorbei. Alt, alt, alt, alt, alt, alt.

Ich wollte mich nicht mehr sehen. Ich hasste mich. Ich schleuderte meinen Pantoffel gegen den Spiegel. Er zersprang in Scherben. Dieses Aas von Aschenputtel, diese Schlampe von Schneewittchen, die hatten keine einzige Falte. Warum ich? Du betrogst mich. Ich war mir ganz sicher. Ich hatte keine Probleme, mir meine Rivalin auszumalen. Jung, mit festen Brüsten, knackigem Po. Wie nanntest du sie? Meine Kleine, mein Blümchen? Nein, das war ich! Ich packte unser Hochzeitsfoto und warf es durchs Zimmer.

Ich nahm ein Bad. Im Dunkeln. Das Wasser besänftigte mich. Es konnte nicht sein, dass du mir untreu warst. Ich hätte es gewusst. Ich las deine Gefühle in deinen Augen. Sie hatten sich nicht verändert. Die Innigkeit deiner Liebkosungen war die gleiche. Und heute Morgen hattest du mich beim Aufstehen überrascht. Mich ohne Abscheu in die Arme genommen.

Kopf hoch. Ich verbrachte den Nachmittag damit, die Boutiquen zu durchstreifen. Um deiner an diesem Abend würdig zu sein. Dir dafür zu danken, dass du trotz meines Verfalls bei mir aushieltest. Ich liebte mich nicht mehr. Das war nicht weiter tragisch. Wichtig warst du.

Du riefst um 19 Uhr an. Wir würden uns in zwei Stunden im Restaurant treffen. Ich überprüfte mein Spiegelbild, bevor ich mich auf den Weg machte. Der Friseur hatte gute Arbeit geleistet. Die »Glanzlicht«-Ampullen trugen ihren Namen nicht zu Unrecht. Mein langes Rollkragenkleid fiel perfekt. Auf dem Bett hatte ich das Korsett arrangiert, das ich nach dem Abendessen einweihen würde.

Der Oberkellner führte mich zu einem separaten Speisesaal. Er öffnete die Tür. Sie waren alle da! Die Exfrau deines Chefs, deine Sekretärin, deine Schwester, ihr Mann, unsere Bridge-Freunde, unsere Weinkenner-Freunde, unsere Tennis-Freunde (einschließlich meiner speziellen Freundin, der Apothekerin) und mein Fitnesstrainer. Mein Schatz, wozu hattest du all diese trüben Tassen eingeladen?

»Na, meine Kleine? Damit hast du nicht gerechnet, was? Mir ist eingefallen, dass wir für dich noch nie eine Feier veranstaltet haben. Ich hätte natürlich bis zu deinem 50. warten können. Aber nachdem ich die Idee nun einmal hatte, war ich zu begeistert davon. Ich musste sie sofort in die Tat umsetzen. Nur deine Mutter wollte nicht kommen. Skurril, nicht wahr?«

»Du sagst es: Sie ist skurril.«

Du hast meine Hand genommen und mich in den Kreis der Gäste gezogen. Im Endeffekt habe ich mich gut amüsiert. Über manche Sachen kann ich heute noch lachen. Komm, lass uns ein bisschen lästern, ja? Nur dieses eine Mal!

Deine Sekretärin hatte sich als Curaçaofläschchen verkleidet. Seit unserem Gespräch hatte sie alle Hemmungen abgelegt. An diesem Abend trug sie ein türkisblaues Schneiderkostüm. Lief sie im Büro auch so herum? Du hast nicht darauf geachtet? Du und dein gutes Herz! Du bist gar nicht spaßig! ... Na gut, halt dir die Ohren zu. Den Spaß lass ich mir nicht nehmen.

Dein Chef und seine Frau lebten in Scheidung. Es lief übel. Er war nicht gekommen. Sie wäre auch besser weggeblieben. Etwas Selbstachtung, Herrgott noch mal! Der Wodka zehrte an ihr. Aufgedunsen, mit gerötetem Gesicht, saß sie den ganzen Abend abgeschlafft da, ein volles Glas in einer Hand, einen Joint in der anderen. Ich beobachtete sie, als sie zur Toilette ging. Sie torkelte wie die Enten, die ich als Kind zum Spaß abgefüllt hatte.

Wasser, Wasser und nochmals Wasser für unsere Bridgebekanntschaft! Sie blieben lieber unter sich, tanzten auch nicht. Zweifellos tauschten sie sich über unvergessliche Bridgepartien aus. Ab und zu lächelten sie. Wildes Gelächter, was war das? Hatte einer von ihnen einen Witz erzählt? »Wie heißt die Frau von Herkules?« Und alle im Chor: »Ist doch klar: Fraukules.« Glucksen bei den Damen, Prusten bei den Herren. Gegen Mitternacht öffnete der Bridgeclub seinen Kreis fürs Tennis. Schaumschläger gegen Trumpfwichser. Das Match versprach spannend zu werden.

Leichte Vorlage meiner speziellen Freundin, der Apothekerin, in Richtung Zentrum. Jämmerlich, so überschwänglich zu sein, wenn man schon eine solche Null ist. Hässlich, dumm, im Tennis eine Niete. Auf dem Platz machte ich mir einen Spaß daraus, sie von einer Seite zur anderen zu hetzen. Sie kam außer Puste. Ich gewann. Schweißtriefend, knallrot im Gesicht, schüttelte sie mir dann die Hand und sagte: »Ich war nicht so gut in Form.« Ihre Tage, ihre Schlaflosigkeit, ihre depressiven Verstimmungen ... Ihre einzige wahre Freundin war die Hypochondrie.

Um ein Uhr morgens wurde die Osmose zwischen Tennis und Bridge zur Durchmischung. Ein alter Knabe, für gewöhnlich scheintot, erwachte plötzlich zum Leben. Vom Nilpferd-Brunsttanz der Apothekerin aufgereizt, hatte er seine Blähungen durch Lautmalerei ersetzt und palaverte ungeschickt, ohne ein Auge von ihr zu wenden. Es dauerte keine 20 Minuten, da hatten sie sich von der Gruppe gelöst und standen einander Auge in Auge gegenüber. Ganz die Naturforscherin auf der Lauer, beobachtete ich, wie sie sich vor der Paarung beschnupperten. Sie wackelte mit den Hüften, lachte hemmungslos, wickelte sich eine Haarsträhne um den Zeigefinger, zog ein Schmollmündchen, streifte seinen Arm. Er, von gedrungener Gestalt, zog nervös an seiner Zigarette, riskierte ein Gläschen Sekt, streichelte seine Glatze. Sie gingen zusammen.

Ich hätte dem Teufel meine Seele verkauft, um in ihrem Schlafzimmer Mäuschen spielen zu können. So malte ich mir die Szene selbst aus. Sie, seit einem Jahr ausgehungert, zerriss sich das Kleid, sprang aufs Bett und machte die Beine breit. Spießig, wie er war, hielt er sich beim Liebesvollzug sicher an strikte Regeln. Legte seine Kleidung zusammengefaltet auf einen Stuhl. Legte sich auf die richtige Seite des Betts – die rechte. Wartete, bis das Licht ausging, bevor er sich seiner Unterhose entledigte. Wälzte sich ohne Vorspiel oder Kuss auf sie – nicht ohne sich zu vergewissern, dass er exakt parallel lag. Nach vollzogenem Akt schnell zurück in die Kleider. Sie zog einen Bademantel über. Er hatte es eilig, wegzukommen, sich herauszureden. Er wisse wirklich nicht, was in ihn gefahren sei. Er griff nach seinem Regenmantel. Sie versuchte, ihn zurückzuhalten, bot ihm etwas zu trinken an, verwickelte ihn ins Gespräch. Das Geschlechtliche war kein Tabuthema mehr. Ob es ihm Spaß gemacht habe? Er, im Stehen, den Regenmantel in der Hand, lief rot an, kam ins Stottern. Ob er es nur in Missionarsstellung mache? Sie sei ja vaginal, das störe sie nicht, aber lieber sei sie oben. Er kenne keine andere Stellung, entschuldigte er sich, aber man würde ein anderes Mal darüber reden. Er müsse nach Hause. Er machte sich davon. Sie schluckte zwei Valium.

Wie findest du meine kleine Geschichte? Ich weiß, mein Herz, sie ist nicht nach deinem Geschmack. Verzeih mir. Kommen wir auf den Abend zurück.

Mein Fitnesstrainer? Ein hübscher Junge. Kein Vergleich mit dir natürlich, aber trotzdem nicht übel. Allerdings ziemlich unterbelichtet. Du wirst einwenden, es verlange ja keiner Intelligenz von ihm, er müsse nur bis 30 zählen können. Eine Serie Bauchmuskelübungen.

Die Exfrau deines Chefs versuchte ihn anzumachen, bevor sie in Vollrausch verfiel. Er ließ sie taktvoll abblitzen. Sie hatte ja keinen Schimmer. Er war 15 Jahre jünger als sie und in seinem

Sportstudio von einem Schwarm von Groupies umgeben. Groß, muskulös, mit ultraweißem Lächeln, das ganze Jahr hindurch braun gebrannt, fuhr Golf Cabrio und wohnte in einem Loft. Ein Gigolo eben! Die Exfrau deines Chefs hätte warten müssen, bis die alte Schachtel, die ihn gerade aushielt, genug von ihm hatte.

Wie? Was sagst du? Ich beurteile die Menschen nach ihrem Äußeren? Nein, mein Herz. Ich studiere sie, infiltriere sie, mache ihre Schwächen ausfindig und vernichte diejenigen, die dir schaden könnten.

Die letzten Gäste gingen um vier Uhr morgens. Du hast mit mir getanzt. Wir waren allein. Du hattest das Personal des Restaurants angewiesen, uns nicht zu stören. Wir schliefen miteinander. Ich dachte an unseren Griechenlandurlaub zurück. Der Sand hatte sich in Teppichboden verwandelt, aber du hattest deine Vorliebe für gewagte Orte nicht verloren. In den letzten zehn Jahren warst du konventioneller geworden, machtest es lieber im weichen Hotelbett als auf dem Rücksitz des Autos, lieber im Ehebett als auf dem Küchentisch, lieber in unserem Schlafzimmer als in deinem Büro zwischen Mittag und zwei Uhr. An dem Abend hast du mir bewiesen, dass du mich überall und immer begehrtest ... wie früher. Es waren einfach deine Rückenprobleme, deine Arbeit, die dich zur Mäßigung veranlasst hatten.

Dennoch blieb ein Zweifel. Ich konnte mir noch so gut zureden, deine Liebkosungen konnten ihn nicht zerstreuen. Wie rein waren deine Gefühle? Liebtest du mich wirklich so wie in der Nacht des 2. September 1972?

14. Kapitel

Aus Zeitmangel riefst du mich nicht mehr an? Du liebtest mich nicht mehr. Ich stellte dich wegen deiner nüchternen Ausdrucksweise, deines Geizens mit Koseworten zur Rede? Du gabst zurück, das sei noch nie deine Stärke gewesen. Du hattest mich also nie geliebt. Im Restaurant suchte dein Fuß den meinen? Du liebtest mich. Du wolltest, dass ich mit dir bade? Du konntest nicht ohne mich sein. Du aßest deinen Teller nicht leer? Selbst mein Essen konntest du nicht mehr ausstehen. Mein Geist trübte sich. Verbrachte ich 24 Stunden ohne Zigaretten, so rauchte ich in den nächsten 48 drei Päckchen. In Psychologie hatte ich die Frage »Bin ich in meinem Körper wie ein Kapitän auf seinem Schiff?« erörtern müssen. Jetzt hatte ich meine Antwort.

Ich kletterte zwei Stufen empor, purzelte zehn wieder hinunter. In mir keimte die Gewissheit, dass ich dir gleichgültig sei. Ich begab mich auf gefährliches, vermintes Terrain. Das Übel gab sich nicht damit zufrieden, meinen Kopf zu beherrschen. Es griff auf den Rest meines Körpers über. Übelkeit, Migränen, Mattigkeit. Der Rücken, der Bauch, die Augen. Ich richtete mich zugrunde, aber du merktest nichts davon. »Liebst du mich, mein Schatz?« »Aber ja!« Und es ging noch weiter abwärts.

Ich würde daran zugrunde gehen. An Liebe sterben ... Nein ... an Liebesentzug sterben. Wie die Hunde, die auf dem Grab ihres Herrchens verenden.

Ich brauchte lange, um meine Strategie auszuarbeiten. Ich würde unsere Ehe zu einem Spiel um alles oder nichts machen. Entweder würde ich verlieren und dich töten. Oder wir würden gemeinsam alt werden.

Sacha Guitry wurde mein Komplize. Ich las sein Werk noch mal und machte mir dabei Notizen. Er würde der Drehbuchautor sein und ich die Regisseurin. Ich kaufte mir ein hübsches Schreibheft, einen Bleistift und einen weißen Radiergummi – die anderen, die blau-roten, radieren nicht richtig. In der Hauptrolle trug ich deinen Namen ein. Ich würde die Kupplerin sein. Bis zum zweiten Akt. Dann würde ich mich ganz hinten in den Saal setzen. Als Zuschauerin.

Hör zu, mein Herz, ich werde meine Intrige vor dir ausbreiten. Bist du bereit?

Ich stelle dir eine neue Freundin vor. Eure erste Begegnung findet zwischen Tür und Angel statt. Keine bleibende Erinnerung vorerst. Ich arrangiere immer häufigere Zusammentreffen. Zum Mittagessen, am Wochenende. Ich erzähle dir von ihr, aber sie ist nie das Hauptthema unserer Gespräche. Von Zeit zu Zeit kommt sie zu uns zum Abendessen.

Sobald eure Blicke sich kreuzen, wenn du ihren Namen als Erster aussprichst, verschwinde ich von der Bühne. Ihr zwei bleibt allein zurück. Keine Sorge, ich bin nicht weit. Aber weit genug weg, dass du mich vergisst.

Im dritten Akt tauche ich plötzlich wieder auf. Posse oder griechische Tragödie? Du allein bestimmst den Ausgang und meine letzte Rolle.

Eines Tages, während ich an meinem Plan feilte, hatte ich eine Vorahnung. Ein tödlicher Ausgang. Aus der bloßen Ahnung wurde eine zwingende Folge. Nach und nach gewöhnte ich mich an den Gedanken. Mord schien mir nicht viel schrecklicher, als abseits eines markierten Fußgängerüberwegs über die Straße zu gehen.

Ich langweilte mich nicht. Das Einstudieren erwies sich als angenehmer Zeitvertreib. Ich fügte Details hinzu, strich Plumpheiten, die mein Scheitern hätten bedeuten können, legte die

Dialoge zwischen den Figuren und einige meiner Monologe an, listete Gesprächsthemen auf – keine peinlichen Gesprächspausen bei unseren künftigen Abendessen –, wählte zur Verführung geeignete Orte aus, berücksichtigte die Wetterlage – keine Außenszenen an regnerischen oder windigen Tagen: du neigtest zu Migränen –, blätterte in meinen Kochbüchern, um die Menüs zu planen – wobei ich Spagetti, Blattsalate, Suppen von vornherein verwarf: alles Gerichte, die beim Essen Schwierigkeiten bereiten und Frauen ungraziös aussehen lassen. Wusste ich nicht genau, was dich bei Frauen abstieß? Ich musste nur noch eine Besetzung für die zweite Rolle meines Stücks finden. Das Objekt deiner zukünftigen Begierden. Würdest du ihr erliegen?

Ich legte eine Tabelle an mit der Überschrift »Deine ideale Geliebte«. Sie bestand aus fünf Abschnitten. Der erste war für allgemeine Angaben bestimmt. Der zweite bezog sich auf das äußere Erscheinungsbild. Der dritte war ein medizinischer Fragebogen. Im vierten wurden sonstige Informationen zusammengefasst. Den Abschluss der Analyse bildete eine persönliche Beurteilung der Kandidatin. Ich gab mein Schema in den Computer ein und druckte es in zehn Exemplaren aus, speicherte die Daten auf Diskette ab und löschte sie auf der Festplatte.

Wer würde das Werkzeug meiner Intrige sein?

Ich ging mein Notizbuch durch und fasste zwei Freundinnen aus dem Fitnesscenter ins Auge.

Nummer eins entsprach äußerlich dem Typ Frau, dem du auf der Straße nachschautest. Mittelgroß und, soweit ich sie in der Umkleide halb nackt gesehen hatte, mit aufregenden Kurven. Sie hatte rotes Haar, eine mit Sommersprossen gesprenkelte Nase. Und einen umwerfenden Charme! Aber sie war geschieden. Ihr wilder Redefluss, ihre abgehackten, nervösen Gesten deuteten auf eine sich anbahnende Depression hin. Es kam nicht in Frage, dich in ein so heikles Abenteuer zu verstricken. Ich strich sie von der Liste.

Nummer zwei war ledig und hatte vor, es zu bleiben. Ihre Schönheit sprang nicht gleich ins Auge. Sie war klein, rundlich, glänzte durch ihr dynamisches Wesen und ihre Lebensfreude. Sie lebte, wie es ihr gefiel, und belastete sich nicht mit überflüssigen Zwängen. Kein Ehemann, keine Kinder, keine Haustiere. Sie ging abends viel aus und besaß drei Adressbüchlein. Mit ihrem treffsicheren Humor sorgte sie beim Aerobictraining regelmäßig für allgemeines Gelächter. Sie wechselte ihre Partner häufig, und das störte mich. Ob sie wohl immer Kondome benutzte? Man konnte nicht sicher sein. Sie frequentierte Swinger-Clubs, in denen die Viren frei zirkulierten. Schade! Sexuell hättest du etwas erleben können. Ich strich ihr Karteiblatt durch.

Ich kämmte alle Bars des Viertels ab. Keine Frau schien mir die gestellten Anforderungen zu erfüllen.

Ich spazierte durch die Parks, in denen ich nur Mütter, Liebespaare und Kindermädchen antraf, und beschloss, mich für letztere zu interessieren. Die vom frühen Nachmittag, die professionellen Kinderfrauen, schieden wegen ihres geringen Bildungsniveaus aus. Jene, die nach Schulschluss am späten Nachmittag auftauchten, die Babysitter, waren nicht alt genug. Ich interviewte Prostituierte. Von ihren Zuhältern oder ihrer Droge abhängig, verspielten sie ihre winzige Chance im Nu durch ihre Vulgarität. Meine Fehlschläge ließen mich verzweifeln.

Im Kino kam ich schließlich auf die Lösung des Problems. Deine Gewohnheit, den Abspann am Ende des Films zu lesen! Casting. Ich gab eine Kleinanzeige auf: »Suche angehende Schauspielerin ab 25 Jahren, die in allen Lebenslagen spielen kann.« 30 meldeten sich. Ich verabredete mich mit ihnen in einem Park. Ich ließ sie in einer Reihe antreten, inspizierte eine nach der anderen, musterte die Dicken, die Mageren, die über einsfünfundsiebzig und die unter einssechzig aus, verabschiedete die von zweifelhafter Reinlichkeit und die übermäßig Aufgedonnerten. Acht passierten die erste Auslese. Ich bestellte sie für den nächsten Tag wieder. Gleicher Ort, gleiche Zeit.

Ich holte meine Tabellen heraus, fragte sie ab. Sechs Kandidatinnen bestanden den Test nicht. Zwei schienen die geforderten Eigenschaften zu haben. Es blieben die Schlüsselfragen, die ich den anderen nicht gestellt hatte. »Wären Sie bereit, mit Ihrem Partner zu schlafen?« Und: »Haben Sie nahe Angehörige? Falls ja, wie ist Ihre Beziehung zu ihnen?« Die Hübschere der beiden wurde rot und murmelte: »Ja, wenn er nicht zu hässlich ist. Was meine Eltern angeht, die habe ich schon lange nicht mehr gesehen. Ich bin mit 18 zu Hause ausgezogen.« Ich hatte die seltene Perle gefunden. Ich verabschiedete die andere, ohne sie anzuhören. Ohne Bedauern: Wenn sie lachte, hatte sie etwas von einem Pferd.

Ich schlug der Siegerin vor, mit mir einen Kaffee trinken zu gehen. Sie nahm an. Ihr Lächeln enthüllte ein strahlendes Gebiss. Ich hätte misstrauisch werden müssen; sie war einfach perfekt.

Sie vertraute sich mir in aller Unschuld an.

Sie hatte ihre Eltern aus Liebe zu einem älteren Mann verlassen. Ihr Vater hatte ihre Beziehung missbilligt. Er wollte sie nach dem Abitur ins Ausland schicken. Sie hatte es mit Auszeichnung bestanden und war mit ihrem Geliebten weggegangen. Er hatte ihr versprochen, dass sie ihre Ausbildung fortsetzen könne. Sie fand sich hinter der Kasse eines Kaufhauses wieder. Der angebliche Bauingenieur arbeitete tatsächlich in einem Architekturbüro – als Laufbursche. Die Geldprobleme, die Lügen und die Enge ihrer Dachkammer hatten ihre Gefühle zerstört. Sie hatte ihn verlassen. Seitdem hatte sie einen Aushilfsjob an den anderen gereiht. Nach zwei Monaten Arbeitslosigkeit hatte sie meine Anzeige gelesen. Und sich vorgestellt.

»Das ist meine Geschichte. Erklären Sie mir, worin meine Aufgabe besteht.«

Sie war wirklich niedlich. Beim Lachen kniff sie die Augen zusammen, was ihr ein schelmisches Aussehen verlieh. Ihr Mund wellte sich wie zwei Seidenbänder. Ich versuchte, einen Makel an ihr zu finden. Vergeblich. Da stimmte alles.

Ihre Erzählung hatte mich gerührt. Ich zögerte, ihr die Rolle zu geben. Sie bat mich inständig.

Ich beschrieb ihr ihren Part. Sie hörte mich an, ohne mich zu unterbrechen.

»Ich werde Ihnen meinen Mann vorstellen. Sie werden sich alle Mühe geben, ihn zu verführen. Bleiben Sie Sie selbst. Versuchen Sie nicht, sich eine andere Persönlichkeit zu konstruieren. Ich habe Sie um Ihrer selbst willen ausgewählt. Jetzt werde ich Ihnen ein paar persönlichere Fragen stellen. Sind Sie damit einverstanden? Es ist nicht zu spät, Nein zu sagen.«

»Ich bin bereit.«

»Wann war Ihre letzte Menstruation?«

»Montag.«

»Ihre Verhütungsmethode?«

»Die Pille.«

»Haben Sie in letzter Zeit einen Bluttest machen lassen?«

»Nein.«

»Ihre sexuellen Gepflogenheiten?«

»Solange mein Partner ein Mann ist, ist mir das einerlei.«

Sie antwortete mir direkt und offen. Ungeniert. Trotzdem spürte ich, dass sie schwankend wurde. Der Blick aus ihren blauen Augen war härter und finsterer geworden. Ihre Iris verengten sich, ihre Pupille war auf einen Punkt geschrumpft. Würde sie es wagen, genauere Auskünfte zu erbitten? Nein.

Ich habe ihr alles gestanden. Ich war vertrauensselig gestimmt. Hatte sie nicht selbst für einen Mann alles aufgegeben? Gewiss, sie hatte sich in ihm getäuscht. Aber sie bereute nichts. Wir hatten die gleiche Wellenlänge. Sicher konnte sie mich verstehen.

»Ich dachte, solche Leidenschaft gibt es nur in Romanen. So gesehen, erscheint mir Ihr Vorhaben riskant.«

»Das stimmt. Ich kann die Liebe meines Lebens verlieren.«

»Sie haben diese Möglichkeit einkalkuliert?«

»Ja ... Aber wenn ich gewinne ... Was für ein Glück!«

»Sind Sie sicher, für das Glück geschaffen zu sein? Wohlgemerkt, mir ist das schnuppe, ich brauche das Geld.«

»Geld? Ich gebe Ihnen so viel, wie Sie wollen.«

»Wenn Sie ihn so lieben, wie Sie sagen, warum wollen Sie dann mit dem Feuer spielen? Ich bin sicher, dass Ihr Mann Sie anbetet.«

»Ich will Beweise.«

»Er beweist es Ihnen tagtäglich.«

»Das reicht mir nicht mehr.«

»Und wenn ich mich in ihn verliebe?«

»Hüten Sie sich!«

15. Kapitel

Der Zahnpastaproduzent. Ein guter Kunde, von dem du mir oft erzähltest. Ich wusste, dass du mit ihm immer zum Italiener neben der Agentur gingst. Wir betraten das Restaurant zu zweit. Am Vortag hatte ich die Ergebnisse ihres Bluttests bekommen. Alles in Ordnung. Wir waren auf Shoppingtour gewesen – die Arme besaß außer ihren Jeans nicht viel.

Als du uns sahst, bist du aufgestanden, hast mich bei der Hand genommen und an den Tisch gezogen. Ich habe versucht, sie dir vorzustellen. Aber du warst so erpicht darauf, mich mit deinem Kunden bekannt zu machen, dass du ihr nur flüchtige Aufmerksamkeit geschenkt hast. Du hattest nur Augen für mich. Na ja, man kann nicht immer auf Anhieb Erfolg haben!

Abends hast du mir von deinem Mittagessen erzählt.

»Stell dir vor, er hat den Vertrag unterschrieben. Ein Budget von einer Million Franc.«

»Er macht einen sympathischen Eindruck, dieser Kunde.«

»Er ist mein Lieblingskunde. Du hast großen Eindruck auf ihn gemacht. Ich frage mich, ob ich dich nicht zu meinen Geschäftsessen mitnehmen sollte ...«

»Du willst, dass ich für dich anschaffe?«

»Du machst Spaß, aber einige meiner Konkurrenten heuern tatsächlich Callgirls an.«

»Was hast du gegessen? Nudeln?«

»Ja, mit weißen Trüffeln und Parmesan. Und du?«

»Einen Cäsar-Salat. Und meine Freundin die Tagliatelle mit Lachs.«

»Wer war das? Niemand, den ich kenne?«

»Nein. Ich habe sie im Fitnesscenter kennen gelernt. Sie ist neu in der Stadt. Sie ist ganz reizend.«

»Ich freue mich, dass du eine neue Freundin hast. In letzter Zeit hast du dich zu sehr abgekapselt. Du gehst gar nicht mehr aus dem Haus.«

»Ich werde sie mal zum Abendessen einladen. Du wirst sehen, sie gefällt dir.«

»Ist sie solo?«

»Ja. Warum?«

»Mein Kunde hat sich gerade von seiner Frau getrennt. Er hat es mir heute Mittag erzählt. Wir könnten zu viert zu Abend essen. Vielleicht würden sie sich verstehen?«

»Dein Kunde ist nicht besonders schön. Und was sie angeht, die Männer kommen und gehen in ihrem Leben. Ich glaube nicht, dass sie im Moment eine Beziehung will.«

Wie naiv du warst, mein Liebster.

Wenn wir nicht nach La Bourboule fuhren, gingen wir samstagvormittags im Wald laufen. Sie tauchte eines Tages hinter einer Wegbiegung auf. Ich blieb stehen. Du liefst weiter. Ich joggte mit ihr zusammen weiter. Du hast am Ende des Wegs auf uns gewartet.

»Guten Tag. Schön, Sie kennen zu lernen. Meine Frau hat mir viel von Ihnen erzählt.«

»Nur Gutes, hoffe ich?«

»Natürlich. Sie lästert nie über andere Leute. Nicht wahr, mein Engel?«

Ich habe mich an sie gewendet.

»Komm doch gegen Abend zum Tee.«

»Ja, sicher. Warum nicht?«

»Gut, wir erwarten dich ab 19 Uhr.«

Sie hatte meine Anweisungen befolgt. Sie trug einen beigefarbenen Rock mit weißer, bis zum zweiten Knopf geöffneter Hemdbluse. Sehr schlicht. Du hattest für übertrieben gestylte Frauen nichts übrig. Du batest sie, Platz zu nehmen. Aus der Küche, wo ich den Tee zubereitete, beobachtete ich die Anmut ihrer Bewegungen.

»Meine Frau hat mir erzählt, dass Sie erst vor kurzem hierher gezogen sind?«

»Vor knapp sechs Monaten. Es gefällt mir hier gut.«

»Und wo haben Sie vorher gewohnt?«

»Auf dem Land. Da habe ich mich gelangweilt, deshalb habe ich mich zu einer Luftveränderung entschlossen.«

»Sie arbeiten?«

»Nein. Ich bin auf der Suche nach einer Stelle.«

Um meinen Umgang besorgt, hast du sie einem regelrechten Verhör unterzogen. Sie war perfekt. Kein Zögern, kein Stottern schlich sich in ihre Stimme. Ich hätte ihr am liebsten applaudiert.

»Wie ich höre, sind Sie beruflich sehr erfolgreich?«

Darauf bist du sofort angesprungen. Sie hatte den richtigen Nerv getroffen. Du hast ihr von deinem Buch erzählt. Sie hatte einen Artikel über das Thema gelesen. Deine Kunden? Sie kannte sie dem Namen nach. Ihr verstandet euch ausgezeichnet.

Als wir wieder allein waren, konntest du sie gar nicht genug loben. Sie sei sehr nett, eine interessante Gesprächspartnerin.

»Findest du sie nicht hübsch?«

»Doch. Sie ist nicht übel ... Aber die Schönste bist immer noch du.«

»Sie ist 15 Jahre jünger als ich.«

»Junge Frauen reizen mich nicht. Aber meinem Kunden würde sie gut gefallen.«

»Du bist ganz fixiert auf diese Idee. Ich wusste gar nicht, dass du so ein Kuppler bist. Aber im Ernst, es würde nicht klappen mit den beiden. Sie ist zu hübsch für ihn.«

Du warst unglaublich. Ich servierte dir eine bildschöne Dreißigerin auf dem Silbertablett, und du wolltest sie mit deinem Millionenbudget verkuppeln. Die Sache erwies sich als schwierig.

Ich traf sie täglich. Wir feilten an ihrem Spiel. Sie brachte eigene Vorschläge ein. Wir diskutierten darüber, und es gelang ihr mehr als einmal, mich zu überzeugen.

Ich neigte dazu, die Dinge zu überstürzen. Sie bremste mein Ungestüm. »Wir haben doch keinen Termin einzuhalten. Sie werden noch alles verderben.« Ich begann, sie zu mögen. Ihre Lebensfreude, ihre Kraft, ihr Vertrauen zu mir wirkten beruhigend auf mich. Zum ersten Mal im Leben hatte ich eine Freundin.

Sie aß dreimal die Woche bei uns. Du hattest Freude an ihrer Gesellschaft. Ich belauerte eure Blicke, euer Lachen. Ich konnte nichts als aufrichtige Freundschaft darin erkennen. Ich wartete geduldig. Ich wurde ungeduldig.

Es geschah an einem Sonntag. Einem Sonntag im Theater.

Ich hatte Sinnlichkeit in euren Gesten gelesen. Wie üblich hatte ich darauf geachtet, dass du zwischen ihr und mir saßest. Auf der Bühne nahm eine unglückliche Liebesgeschichte ihren Lauf. Eure Hände lagen nebeneinander auf der Armlehne. Fiebrig.

Zwei Liebende, die nicht zueinander kommen konnten. Das Hindernis? Ich. Als wir aus dem Saal gingen, ließ sie ihre Handtasche fallen. Du beeiltest dich, sie für sie aufzuheben. Eure Blicke versanken ineinander.

Ich ließ eine Woche verstreichen. Zeit genug, den letzten Akt zu redigieren.

16. Kapitel

Endlich ist der Abend der Premiere da. Erinnerst du dich, wir waren bei uns verabredet, um uns zu dritt *Außer Atem* auf Video anzusehen. Am frühen Nachmittag rufe ich dich an. Ich habe um 19 Uhr einen Arzttermin. Deshalb werde ich mich verspäten. Du willst den Videoabend absagen. Das lehne ich ab. Ein Routinebesuch beim Gynäkologen, den ich vergessen hatte. Wie alle Männer verabscheust du dieses Thema und hakst nicht weiter nach.

Um 18.45 Uhr steige ich ins Auto. Ich parke es in einer Querstraße, gegenüber unserer Wohnung. Du kommst um 19.56 Uhr nach Hause. Sie trifft um 20.25 Uhr ein. Ich steige aus dem Auto. Ich rufe dich von einer Telefonzelle an, um dir mitzuteilen, dass ich eine Panne gehabt habe.

»Soll ich dich abholen kommen?«

»Das lohnt sich nicht, der Mechaniker ist bald fertig. Fangt schon mal ohne mich an. Bis gleich, Liebster.«

Ich kehre auf meinen Beobachtungsposten zurück. Ich sehe dich am Salonfenster vorbeigehen. Manchmal bleibst du stehen und schaust auf die Straße.

21.38 Uhr. In der Wohnung gehen die Lichter aus. Ich winde mich aus dem Auto. Ich springe in großen Sätzen die Treppe hinauf. Ich lausche an der Tür, bevor ich die Wohnung betrete. Stille. Mit klopfendem Herzen stecke ich den Schlüssel ins Schloss.

Du stehst in der Küche, eine Taschenlampe in der Hand. In der Küche!

»Bist du das, meine Kleine? Du kommst gerade recht. Die Sicherungen sind durchgebrannt.«

Triumphierend eile ich zum Sicherungskasten.

Sie sitzt in einer Ecke des Sofas. Zwei Gläser stehen an den Enden des Couchtischs. Die Polster des Clubsessels tragen den Abdruck deines Körpers. Ich begebe mich langsam in Richtung Schlafzimmer. Das Bett, auf dem ich so sorgfältig einige Papiere verstreut habe, ist unberührt.

Die Wohnung so vorzufinden, wie ich sie verlassen habe, macht mich überglücklich. Ich muss mich zurückhalten, um dir nicht um den Hals zu fallen.

Den Videoabend rasch hinter uns bringen! Mein Arztbesuch, die Autopanne, das Warten in der Werkstatt haben mich erschöpft. Ich möchte mit dir allein sein. Dich küssen. Dich liebkosen. Du hast es verdient, mein Liebster. Ich bin eine dumme Gans. Ich habe dir die schlimmsten Absichten unterschoben. Ich möchte Vergebung erlangen. Dich küssen. Dich liebkosen.

17. Kapitel

Etliche Nachrichten auf unserem Anrufbeantworter. Ich hatte keine Lust, mit ihr zu sprechen. Noch weniger, sie wiederzusehen. Ich hatte aus Eitelkeit gesündigt. Ich empfand Scham. Eine Scham, deren Schatten über mir hing. Er erinnerte an mein Verbrechen, dass ich nicht an dich geglaubt hatte.

Schließlich rief ich sie an. Ich musste sie noch auszahlen und ihr befehlen, zu verschwinden. Ich habe mich mit ihr in 50 Kilometer Entfernung verabredet – rate mal, wo! An einem Ort, den du gut kennst ... Aber, aber, mein Schatz, am See! Unserem See.

Ich war zu früh. Mit Absicht. Es war lange her, seit ich das letzte Mal hier gewesen war. Ich habe das Auto am Straßenrand stehen lassen und bin bis ganz oben auf die Felsen gestiegen. Den Kiesweg hinauf, den wir bei unseren Spaziergängen als frisch Verliebte benutzt haben.

Außer Atem habe ich mich auf dem höchsten Felsen niedergelassen. Diese Landschaft begeisterte mich. Überwältigend und erhaben. Sie reduzierte mich auf einen bunten Punkt, den ich im See gespiegelt sah. Ich konnte mich an dem Schauspiel nicht satt sehen. Ein leiser Wind wehte, die Wasserfläche trat allmählich aus dem Morgendunst hervor, der langsam verschwand.

Ein Motorgeräusch riss mich aus meinen Gedanken. Sie war da. Meine Marionette!

»Guten Morgen. Es tut mir Leid, ich bin es nicht gewohnt, so früh aufzustehen. Hübsch ist es hier. Ziemlich weit, aber es ist die Fahrt wert. Sind Sie schon lange da?«

»Nein.«

»Warum haben Sie mich nicht zurückgerufen?«

»Ich hatte tausend Sachen zu erledigen. Aber erzählen Sie mir lieber von Ihrem Abend mit meinem Mann. Dazu sind wir ja hier.«

»Ich bin gegen Viertel nach acht da gewesen. Er hat mir gesagt, Sie hätten Probleme mit dem Auto. Sie würden sich verspäten. Wir haben einen Aperitif genommen und uns über dies und das unterhalten. Er schien Ihretwegen besorgt zu sein. Ich habe ihm gegenüber gesessen, auf dem Sofa. Ich habe ihn angemacht, wie Sie es mir gesagt haben. Ich habe meine Jacke ausgezogen. Ich trug ein tief ausgeschnittenes Top und keinen BH darunter, so wie Sie es wollten. Er hat nicht den kleinsten Blick auf mein Dekolleté geworfen. Ich habe meine Beine übereinander geschlagen, erst in die eine, dann in die andere Richtung, ohne Erfolg. Er hat nur von Ihnen gesprochen. Warum Sie nicht noch einmal anriefen? Was für eine Idee, einen Arzt zu haben, der so weit weg ist! ... Ich bin aufgestanden und habe mich neben ihn gesetzt. Ich habe die Arme um ihn gelegt. Ich habe mich an ihn geschmiegt. Ich habe meine Brüste und Schenkel an ihn gepresst. Er hat sich nicht gerührt und weiter geredet. Ich glaube, er ist sich unserer Nähe nicht gleich bewusst geworden. Sein Körper war es, der ihn auf unsere sinnliche Berührung aufmerksam gemacht hat. Ich habe gespürt, wie er sich zurückzog. Er hat sich ans Fenster gestellt. Ich bin zu ihm gegangen und habe die Stirn an seine Schulter gelehnt. Ich habe ihm vorgeschlagen, uns die Zeit gemeinsam zu vertreiben – auf andere Art und Weise.

Er hat sich abrupt umgedreht. ›Ich mag Sie sehr, und Sie gefallen mir gut. Aber das interessiert mich nicht. Ich bin glücklich mit meiner Frau. Ich liebe sie. Ich würde mir dieses Glück nicht für zehn Minuten Spaß verscherzen wollen.‹ Ich habe erwidert, Sie müssten ja nichts davon erfahren. Dass ich einfach nur Lust auf ihn hätte. Er hat mich angelächelt ... Nein. Er könne nicht mit einer schnellen Nummer auf dem Gewissen leben. Das würde es ihm unmöglich machen, Ihnen in die Augen zu sehen. Ein Frevel an Ihrer Liebe, der auf seine Küsse, seine Liebkosungen zurückfallen würde. Sie seien die Frau seines Lebens. Selbst Ihre Fehler seien ihm zu Kostbarkeiten geworden, die seine Liebe noch vergrößerten. So viele Erinnerungen, die Sie beide verbänden. Sie zu betrügen würde Ihr Bilderbuchleben trüben. Er hat einen Moment geschwiegen, um nach Ihnen Ausschau zu halten.

Ich bin von ihm abgerückt und habe ihn gefragt, ob ich eine Chance hätte, ihn irgendwann einmal zu verführen. Er hat überlegt. Warum ich so hartnäckig sei? Ich sei doch Ihre Freundin. Ob ich nicht das Gefühl hätte, Sie zu verraten? Vielleicht hätte ich Ihre Freundschaft und Ihr Vertrauen nicht verdient? Ob ich wirklich imstande sei, in dieser Wohnung mit ihm zu schlafen? Diesem Tempel, in dem jeder Einrichtungsgegenstand ein Teil von Ihnen sei? Mich in Ihr Bett zu legen, meinen Kopf auf Ihr Kopfkissen zu betten, in Ihrem Duft zu baden? Ob ich mir zutrauen würde, durch meine Lustschreie das Echo der Ihren zu übertönen? Ob ich es wirklich genießen könne, während Ihr Geist über uns schweben würde? Da habe ich aufgegeben.

Wir haben geschwiegen. Unwillkürlich habe ich mich in die Sofaecke verkrochen. Ich habe mich gefürchtet. Ich habe mich geschämt. Ich fühlte mich von Ihrem Geist beobachtet. Schauer liefen mir den Rücken herunter. Ich wollte Ihrem Blick entkommen. Ich wollte weg. Aber dann sind alle Lichter ausgegangen. Als ob Sie mich an der Flucht hindern wollten. Als ob Sie mich zwingen wollten, auf Sie zu warten und Ihnen gegenüberzutreten.

Die Dunkelheit hat mich gelähmt. Mir stockte der Atem. Ich wollte meine Anwesenheit vergessen machen. Der Gedanke, Sie könnten unbelebte Gegenstände auf mich loslassen, versetzte mich in Panik.

Dann ist die Wohnungstür aufgegangen. Ich habe Ihre Stimme nicht gleich erkannt. Die Worte schienen von so weit her zu kommen. Das Licht ist wieder angegangen. Sie waren da. In Fleisch und Blut.«

18. Kapitel

Der Wind frischt auf. Ich schaue immer noch auf den See. Sie steht hinter mir. Sie schlottert. Ihr Bericht hat mein Stachelschwein geweckt. Es peinigt mich schlimmer als je zuvor. Reißt mir blutende Wunden.

»Sagen Sie mir die Wahrheit?«

»Natürlich. Warum sollte ich Sie anlügen?«

»Vielleicht haben Sie sich ineinander verliebt?«

»Nein. Ihr Mann liebt Sie. Seine Treue ist unerschütterlich. Glauben Sie mir.«

Ich weiß es. Du, mich betrügen? Nein. Aber sich vorzustellen, wie dieses Weibsstück seine Reize spielen lässt! Zu wissen, dass sie dich berührt hat! Ein so unschuldsvolles Wesen wie du, allein gegen diesen Bazillus.

Ich nehme das Geld aus meiner Tasche und gebe es ihr.

»Hier. Es stimmt. Zählen Sie nach, wenn Sie wollen.«

»Ich vertraue Ihnen.«

»Und was werden Sie jetzt machen?«

»Ich werde mir einen Urlaub gönnen. Wenn ich wiederkomme, suche ich mir eine Halbtagsstelle, um meine Miete bezahlen zu können, und melde mich bei einer Abendschule an. In zwei, drei Jahren werde ich meinen Abschluss haben und kann mich um eine Stelle bewerben, die mir gefällt. Ich fange ein neues Leben an.«

»Sie werden nicht umziehen?«

»Umziehen? Wohin?«

»Ich weiß nicht ... In eine andere Stadt.«

». . .«

»Ich habe Ihnen genug Geld gegeben. Sie könnten woanders ganz neu anfangen. Eine Luftveränderung.«

»Das möchte ich gar nicht. Falls Sie Angst haben, mich wieder zu sehen, keine Sorge. Ich werde aus ihrem Leben verschwinden, wie ich aufgetaucht bin. Ich wohne weit von Ihnen entfernt. Es ist kaum damit zu rechnen, dass ich mich mal in Ihr Viertel verirre. Ich habe dort nichts zu erledigen.«

»Sie müssen weggehen. Das ist ein Befehl!«

»Ich bin nicht mehr Ihre Angestellte. Ich habe meine Aufgabe erledigt. Unsere Wege trennen sich hier. Auf Wiedersehen, Madame.«

»Warten Sie. Seien Sie nicht böse. Entschuldigen Sie, diese ganze Geschichte hat mich völlig durcheinandergebracht.«

»Sie haben sie doch ausgeheckt.«

Ihre Stimme ist hart. Ihre Augen blitzen. Mit zitternder Hand streicht sie sich die Haare aus dem Gesicht. Mein Gott, wie schön sie ist.

»Ich weiß. Es tut mir Leid, aber ich musste es tun.«

Sie ist besänftigt.

»Sie sollten glücklich sein. Sie haben den Beweis, dass Ihr Mann Sie liebt.«

»Ich hätte ihn nie verdächtigen dürfen.«

»Sie werden es vergessen. Ich weiß aus Erfahrung, dass unsere Erinnerung gefügig ist. Sie will uns nicht leiden lassen. Sie wird diese hässliche Episode in eine ihrer Schubladen wegräumen, und die Zeit wird den Schlüssel zerstören. Ihr Mann ist ein außergewöhnlicher Mensch. Und dazu noch attraktiv.«

Peng! Mitten ins Herz getroffen. Meine Schläfen klopfen zum Zerspringen. Mir wird heiß und kalt. So ein Luder! Ich habe ihr vertraut, habe ihr beigebracht, sich anzuziehen, sich zu frisieren, ... dir zu gefallen. Ich habe sie für diese Ausbildung bezahlt. Ich habe ihr erlaubt, sich in unsere Zweisamkeit zu drängen, und wie dankt sie es mir?

»Sie haben sich nicht vielleicht doch in meinen Mann verliebt?«

Meine Ruhe erstaunt mich. Mein Blick passt zweifellos nicht zu meinem Tonfall. Ein sichtbarer Schauder überläuft sie. Sie zwingt sich zu einem Lachen.

»Sie sind verrückt!«

»Antworten Sie mir!«

»Nein.«

»Trauen Sie sich, mir ins Gesicht zu sagen: Nein, ich bin nicht in Ihren Mann verliebt.«

Wachsendes Entsetzen malt sich auf ihrem Gesicht. Ihr Mund erstarrt. Ein Ausdruck wie eine venezianische Maske. Sie stammelt.

»Ich bin nicht in Ihren Mann verliebt. Sind Sie jetzt zufrieden? Leben Sie wohl, Madame!«

»Sie lügen.«

»Sie gehören in eine geschlossene Anstalt.«

»Verlassen Sie die Stadt, und ich glaube Ihnen.«

»Das ist eine Manie von Ihnen, dass Sie immer Beweise brauchen. Das haben wir doch schon besprochen: Ich ziehe nicht weg.«

»Haben Sie die Absicht, ihn wieder zu sehen?«

»Wen?«

»Stellen Sie sich nicht dumm. Ihre Vorstellung ist beendet, Mademoiselle. Jetzt bleiben nur noch Sie und ich. Sie haben sich in ihrem kleinen Köpfchen alles hübsch ausgedacht. Neulich abends ist es Ihnen nicht gelungen, sich flach legen zu lassen. Üppig bezahlt werden und auch noch seinen Spaß dabei haben! Sie Arme! Das dürfte Ihnen lange nicht untergekommen sein ... das hat Sie wohl gejuckt! Aber da war ein Haken bei der Sache. Mein Mann wollte nicht. Ihr Plan hätte funktionieren können. Aber dann ... Ich hab es mir schon gedacht. Sie haben beschlossen, ihm nachzusteigen. Deshalb wollen Sie sich nicht aus dem Staub machen.«

Ich bombardiere sie mit meinen Wahrheiten, umkreise sie. Sie kann mir nicht entkommen. Sie hält sich die Ohren zu, um mich nicht mehr zu hören, senkt den Kopf, schließt die Augen, um mich nicht mehr zu sehen. Aber ich bin da. Sie leugnet, fleht mich an aufzuhören. Ich rede weiter, schreie. Sie kauert sich zusammen. Ich halte inne.

»Stehen Sie auf, Sie erbärmliche Schmarotzerin.«

Sie gehorcht. Wir stehen uns gegenüber. Sie sieht mit tränennassen Augen zu mir auf. Der Wind peitscht ihre Wangen. Ich starre sie an.

»Es ist komisch, wie man sich an diesem Ort klein und überlegen zugleich fühlt. Wir sind winzig, aber die Natur ist heimtückisch. Sie flüstert uns ein, wir seien die Herrscher der Welt, aber sie verachtet uns. Versuchen Sie, den Wipfel einer Tanne zu sehen, und Sie werden die Armseligkeit der menschlichen Natur erkennen. Der Baum ragt empor und durchstößt die Wolken. Der Mensch bückt sich und wühlt in der Erde. Lieben Sie die Natur?«

»Ja.«

Ein langer Schluchzer begleitet ihre Antwort. Mit letzter Kraft schluckt sie ein paar Tränen herunter.

»Nehmen Sie Ihr Geld zurück. Ich will es nicht. Ich werde wegziehen ... weit weg. Sie werden nie wieder von mir hören.«

»Ich bin oft mit meinem Mann hier gewesen. Wir sind Hand in Hand um den See gewandert. Wir sind hier heraufgeklettert und haben auf den Einbruch der Dunkelheit gewartet. Auf diesem Felsen haben wir gesessen. Wir haben zugesehen, wie die Sonne unterging ... Hören Sie auf zu flennen und lauschen Sie unserem Geheimnis: Um Abbitte für das Dunkel zu tun, das sich bald übers Land legen wird, malt der liebe Gott, mit einem Pinsel bewaffnet, den Himmel in leuchtenden Tönen an. Morgens füllt er seine Palette auf. Versorgt sich hier und da mit Gelb aus den Herzen der Blüten, Rot von den Früchten der Wälder, Grün aus ihrem Laub. Weiß und Schwarz findet er bei den Menschen. Je nach ihrem Wesen füllt er seine Tiegel mit Zorn oder Reinheit. Am Nachmittag mischt er seine Farben. Wenn die Sonne ermattet, beginnt er sein Werk. Mit großen Strichen pinselt er einen einheitlichen safrangelben Untergrund. Dann, ganz nach Lust und Laune, gibt er einen Tupfer Zinnober dazu, Rosa, Koralle oder Orange. Er taucht seinen Pinsel in den See, um die Farbe zu verdünnen. So verfärbt sich auch das Wasser in schillernden Tönen. Manchmal malt er über seine Leinwand hinaus, und die Berge, die Erde, die Natur färben sich purpurn. Deshalb ähnelt kein Sonnenuntergang dem anderen. Jeden Abend malt der liebe Gott ein Bild, und er ist nie zufrieden damit. Also übermalt er es schwarz und beginnt am nächsten Tag von neuem ... Das ist schön, nicht wahr? Mein Mann hat mir diese Legende bei unserem ersten Spaziergang erzählt. Er war 23. Wir lagen hier nebeneinander. Ich habe die Augen zugemacht, um mir die Szene besser vorstellen zu können.«

»Sie sind ja reif fürs Irrenhaus. Nehmen Sie Ihr Geld zurück und lassen Sie mich gehen.«

Sie weint nicht mehr. Sie hat sich wieder in die arrogante junge Frau zurückverwandelt, die ich kenne. Angewidert hält sie mir die Scheine hin. Ich wehre ab.

»Ich mache mir nichts aus Geld. Es ist mir gleichgültig. Wenn ich es habe, gebe ich es aus. Wenn ich keins habe, richte ich mich darauf ein.«

»Das sagen Sie, weil es Ihnen nie daran gemangelt hat.«

»Das stimmt. Ich rede Blödsinn. Ich vergöttere das Geld. Ich habe die Armut durch meine Mutter erlebt. Ich verabscheue die Armut. Genauso wie die Wörter ›sparen‹ und ›haushalten‹. Wozu ein Vermögen im Tresor anhäufen, wenn man es nicht nutzt. Wie die Frauen, die Schmucksachen haben und sie nicht tragen. Das Leben ist kurz. Man muss das nehmen, was es uns gibt, sich daran erfreuen, anstatt dem nachzutrauern, was es für sich behalten hat ... Geld? Seine Macht ist faszinierend. Wenn ich keins gehabt hätte, hätte ich Sie nicht kaufen können. Aber bedenken Sie ... Was macht das aus Ihnen? Eine bloße Ware.«

»Lassen Sie mich gehen.«

Ich baue mich vor ihr auf.

»Das geht nicht. Ich vertraue Ihnen nicht mehr.«

»Ich schwöre es Ihnen. Sie werden mich nie wieder sehen. Ich werde weit wegziehen, sehr weit weg von Ihnen und Ihrem Mann.«

»Ich verbiete Ihnen, von ihm zu sprechen. Sie besudeln ihn. Ihr Mund verströmt Pesthauch, Ihre Zunge ist von Fäulnis befallen, Ihr Speichel ist Gift. Vielleicht werden Sie wegziehen. Aber für wie lange? Ein Jahr, zwei Jahre, fünf Jahre, dann kommen Sie wieder.«

»Nein, ich komme nicht wieder. Ich gebe Ihnen mein Wort darauf.«

Ich trete auf sie zu, sie weicht zurück. Zehn Meter weiter unten die Schlucht. Ich stoße sie, sie fällt.

19. Kapitel

Wir schliefen jeden Abend miteinander, seit sie aus unserem Leben verschwunden war. Ich kaufte Bücher über die verschiedenen Stellungen. Ich schreckte nicht davor zurück, Peepshows und Sexshops zu besuchen. Ich sammelte tagsüber Anregungen, die ich abends in die Praxis umsetzte. Das war mein Geschenk, um Vergebung zu erlangen.

Wir fuhren jedes Wochenende nach La Bourboule. Lange hatte ich meine Augen vor der Wahrheit verschlossen. Jetzt musste ich es mir eingestehen. Mit deiner Tochter warst du am glücklichsten. Sie war 16, fast schon eine Frau. Es tat mir weh, sie zu sehen. Ich ließ meine Jugend hinter mir. Sie trat ihre erst an. Sie war schöner als ich in ihrem Alter. Ich war nur ihr Entwurf gewesen. Eine blasse Skizze.

Mein Stachelschwein wurde älter. Seine Stacheln verhärteten sich. In La Bourboule drehte es sich unablässig. Es bewegte sich langsamer, aber es zerfleischte mich schlimmer. Selbst nachts gab es keine Ruhe. Bekanntlich schläft man mit zunehmendem Alter weniger.

Trotz meiner Schmerzen würde deine Tochter zurückkommen, um bei uns zu wohnen! Ich wusste, das war das schönste Geschenk, das ich dir machen konnte. Die Qualen, die mir ihre Nähe zufügen würde? Sei's drum. Ich würde alles erdulden, um vor dir Gnade zu finden. Meinen Verrat auszulöschen.

Ich traf die notwendigen Vorkehrungen für die Rückkehr meiner schlimmsten Feindin. Ließ Teppichboden, Wandbespannung, Federbetten entfernen, alles, was das Gedeihen der Milben begünstigte ... Bitterer Rückschlag des Lebens. Ich demontierte den Apparat, den ich fünf Jahre zuvor installiert hatte, um sie von dir fern zu halten.

Am Ende des Schuljahrs zog sie ein. Meine plötzliche Liebe zu ihr verunsicherte sie. Sie wusste nicht, wie sie sich verhalten sollte.

Im August fuhren wir in Urlaub: nach Disneyworld in Florida. Ich gab vor, mich blendend zu amüsieren.

Ich begleitete euch überallhin, wurde zur Stimmungskanone der Familie. Ich kletterte als Erste in jede Achterbahn. Je mehr Angst mir etwas einjagte, desto eifriger drängte ich hin. Du konntest es gar nicht fassen. Ich, die ich immer so stolz, so distanziert war, wollte von dir unbedingt mit Mickymaus, Donald und Pluto fotografiert werden. Deine Tochter gab ihre Wachsamkeit nach und nach auf.

Auf dem Rückweg machten wir Zwischenstation in London. Ich mimte die Mutter, die den Namen verdient hat, und widmete ihr einen ganzen Tag. Shopping in der Oxford Street. Das ist doch das, was Mütter mit ihren Töchtern tun, oder? Ich wollte ihr zum Schulbeginn etwas anzuziehen kaufen. Sie probierte Hosen, Röcke, Jacken. Modelle, die ich nie mehr tragen würde. Zu alt.

Sie war nicht besonders hoch gewachsen. Eher mittelgroß. Aber sie war so schlank und stolz, dass sie sich jede Extravaganz leisten konnte. Ich stellte mit Verzweiflung fest, dass ihr einfach alles wunderbar stand. Trotzdem gab ich mich bester Laune.

Und sie? Sie strahlte vor Freude. Das war zumindest das, was ich dachte.

Nach dem Einkaufen haben wir uns zusammen in einen Tea Room gesetzt. Das tun sie doch auch, die Mütter mit ihren Töchtern?

»Also, bist du zufrieden mit deinen Einkäufen?«

»Ja. Endlich kann ich mal modische Sachen tragen.«

»Du übertreibst.«

»Nein, in La Bourboule waren nur Hosen und Röcke in dunklen Farben erlaubt.«

Ihre Antwort ließ mich erstarren. Ich wunderte mich.

»Das wusste ich nicht!«

»Mama, hast du denn die Schulordnung nicht gelesen?«

Zwei Sätze: zwei Vorwürfe. Ich hätte wissen müssen, dass das eines Tages kommen würde. Da ich mich der Konfrontation in dem Augenblick nicht gewachsen fühlte, wechselte ich das Thema.

»Doch, doch, natürlich ... Ein Jahr übersprungen, eindrucksvolle Noten, dein Vater und ich sind stolz auf dich.«

»Das ist nicht mein Verdienst. Im Zentrum gab es außer dem Sport keine andere Beschäftigung, also habe ich mir die Zeit mit Lernen vertrieben.«

Sie ließ keine Gelegenheit aus. Ich musste mich diesen Hinterhalten entziehen. Mich auf ihr Spiel einlassen, um die Rolle der Spielleiterin zu übernehmen.

»Du hast dich dort gelangweilt? Aber da war doch dieser riesige Park.«

»Ja, die Lage war schön. Aber am Anfang war es sehr schwer. Ich habe jeden Abend geweint. Getröstet haben mich nur die Briefe und Anrufe von Papa. Ich war ja erst elf. Ich habe oft über andere Kinder nachgedacht. Die ihren Eltern ihre Hausaufgaben vorlesen, ihnen von ihrem Schultag erzählen konnten, vor dem Einschlafen in den Arm genommen wurden. Jeden Abend habe ich gehofft, dass Papa in mein Zimmer kommen und zu mir sagen würde: ›Pack deine Koffer, ich nehm dich mit nach Hause.‹«

Ihr zuhören, wie sie ihr Herz ausschüttete. Vor allem zuhören. Früher oder später würde sie einen Fehler machen. Dann würde ich kontern.

»Weißt du, Mama, manchmal habe ich mich gefragt, warum ich krank geworden bin. Warum gerade ich?«

Sie hatte also begriffen. Das überraschte mich kaum: Sie war mir so ähnlich. Ich konnte das Räderwerk ihres Denkmechanismus arbeiten hören. Sie wollte mir ein Geständnis entlocken.

Ich stellte sie mir in ihrem Zimmer in La Bourboule vor. Gewiss hatte sie geweint. Dann gelernt, sich zu beherrschen, um sich zu konzentrieren. Sicherlich hatte sie jeden Moment an meiner Seite Revue passieren lassen, jede Einzelheit meines Verhaltens, und die Schlussfolgerung, die sich ihr aufdrängte, verworfen. Ihre Analyse von vorn begonnen, voller Entsetzen bei dem Gedanken, wieder zum gleichen Ergebnis zu gelangen. Ihre Isolation, ihre Gespräche mit Psychologen hatten ihr die Augen geöffnet. Ich war eifersüchtig auf deine Liebe zu ihr. Mein Verhalten an den Wochenenden, an denen wir zu Besuch kamen, bestätigte es ihr. Sie lebte mit dieser schwer zu akzeptierenden Realität und umgab ihr Herz mit einem Panzer. Nichts konnte es mehr berühren.

»Aber wirklich, Mama, warum bin ich gegen

alles allergisch geworden, was mich glücklich machte?«

»Asthma ist eine furchtbare Krankheit. Aber jetzt ist es ja vorbei. Du kommst zurück nach Hause.«

Unbeirrt fuhr sie fort.

»Und andererseits, wie kommt es, dass es jetzt weggegangen ist?«

Meine Lage wurde zusehends schwieriger. Ich hatte sie unterschätzt. Sie hatte also begriffen. Sie wusste Bescheid. Sie hatte sich von meiner plötzlichen Liebe zu ihr nicht täuschen lassen. Aber wie viel wusste sie? Mir war unbehaglich, mein Geist verwirrte sich. Es kam so unerwartet.

»Lass uns nicht mehr von der Vergangenheit reden, mein Schatz. Wir werden unser Leben zu dritt wieder aufnehmen. Wie früher.«

»Nein, Mama. Nicht wie früher.«

Wer konnte es ihr gesagt haben? Du? Unmöglich. Wenn meine Marionette nicht doch geplaudert hatte. Nein, das war es nicht. Deine Tochter hatte einen Verdacht und versuchte jetzt, mir ein Geständnis abzuringen.

»Doch, wie früher!«

»Nicht ganz: Ich bin jetzt 16.«

Das war eine Warnung: Mama, ich bin schon fast eine Frau, ich habe gelernt, dich zu durchschauen. Voll und ganz. Du hast mich nach deinem Bild geschaffen. Pech gehabt – selbst am Ende der Welt, wo du mich hingeschickt hast, hat dein Charakter den meinen geformt. Du kannst nichts daran machen, die Genetik will es so. Keine Fabeln mehr: Was hat dein böser Geist sonst noch ausgeheckt? Ich forderte sie heraus:

»Ja und?«

»Ich bin erwachsen geworden.«

Hinterhältige Göre! Sie wich dem offenen Krieg aus und beschränkte sich auf Andeutungen. Alles nur Andeutungen. Vielleicht hatte sie Angst vor mir? Quatsch. Sie trank in aller Ruhe ihren Tee und richtete ab und zu einen inquisitorischen Blick auf mich. Sie stellte mich bloß. Das war der Moment, in dem ich anfing, den Boden unter den Füßen zu verlieren. Trotz allem versuchte ich es noch einmal.

»Es stimmt, dass du sehr erwachsen geworden bist. Dein Vater und ich, wir haben uns auch verändert. Mach dir keine Sorgen, unser Zusammenleben wird schon gut klappen.«

»Ich mache mir keine Sorgen.«

Auch noch selbstsicher dazu!

»Eine Familie. Das kommt mir merkwürdig vor, der Gedanke, dass wir eine richtige Familie sein werden. Dir nicht?«

»Warum sollte ich das merkwürdig finden?«

Jede Frage mit einer Gegenfrage beantworten, damit sie sich zu erkennen gab. Meine neue Strategie.

»Ich weiß nicht.«

Sie verschanzte sich. Ich musste die Taktik

wechseln. Ich verbarg meine Nervosität, indem ich auf meinem Kuchenteller herumstocherte. Sie wirkte völlig unbefangen, ließ sich Zeit, ihren Tee auszutrinken. Sie hatte zu lange auf diesen Augenblick gewartet, um jetzt die Beherrschung zu verlieren. Wie oft hatte sie sich diese Szene ausgemalt?

»Ganz im Gegenteil, mein Schatz, das ist doch fabelhaft.«

Sie verdrehte die Augen. Ich habe es gesehen. Ich gab auf.

»Weißt du schon, was du nach dem Abitur machen willst?«

»Vergleichende Rechtswissenschaft.«

»Das ist gut, sich so sicher zu sein. Es gibt so viele unentschlossene Jugendliche.«

»Mama, hast du gesehen, wie spät es ist? Gehen wir? Papa wird sicher schon ungeduldig.«

Sie war mit einem Satz aus dem Lokal und postierte sich vor der Tür.

Ich blieb verdattert sitzen. Ein Augenblick verstrich, bevor ich meinerseits aufsprang. Ich griff nach meiner Handtasche. In meiner Eile stieß ich den Tisch um. Inmitten des Klirrens von zerbrechendem Porzellan, schamrot im Gesicht, knickte ich mit dem Fuß um, als ich auf den Ausgang zusteuerte. Eine Stimme hielt mich zurück. Ich hatte vergessen, zu bezahlen. Mit gesenktem Kopf wühlte ich in meiner Tasche, fand meine Brieftasche nicht. Der junge Mann, der die Verwüstung auffegte, brachte sie mir. Ich hatte sie auf den Tisch gelegt, und sie war zusammen mit Tassen, Aschenbecher und Kuchenteller zu Boden gegangen. Sie war durchweicht, mit Asche, Krümeln und Glassplittern bedeckt, aber ich nahm mir nicht die Zeit, sie abzuwischen. Nur zahlen und weg von diesem verwünschten Ort! Die frische Luft tat mir gut.

Du saßest an der Bar, einen Whisky schlürfend, in die *Times* vertieft. Sie stürzte sich auf dich. Du hörtest dir lächelnd ihren begeisterten Bericht von unserem Tag an. Deine Augen sprühten vor Bewunderung. Du schienst zu ihr zu sagen: »Wie schön du bist, meine Tochter. Wie stolz ich auf dich bin ... Wie ich dich liebe.«

Sie packte unsere Einkäufe aus, um sie dir zu zeigen. Wie sie gehofft hatte, zeigtest du dich von all ihren Erwerbungen angetan. Sie war im siebten Himmel. Dann erst wandtest du dich mir zu.

»Und du, in was für Unkosten hast du dich gestürzt?«

»In gar keine. Es war ihr Tag. Nicht meiner.«

Du hast mich geküsst. Sie hat mir einen ironischen Blick zugeworfen, der Bände sprach: gut gespielt, Mama, einen Punkt für die opferbereite Mutter. Gleichstand. Aber das Spiel fängt ja gerade erst an.

20. Kapitel

Du hattest dich verändert. Die Verwandlung war bis in die kleinste deiner Gesten erkennbar. Schon in der Art, wie du dich zu Tisch setztest, offenbarte sich deine Freude. Du lachtest über alles und jedes. Du genossest dieses neu gefundene Glück, und ich entdeckte dich in einem neuen Licht. Die Erkenntnis traf mich wie eine Ohrfeige. Mit mir hattest du überlebt. Mit deiner Tochter lebtest du wieder auf.

Manchmal machtest du im Büro früher Schluss. Du holtest sie vom Gymnasium ab. Ihr gingt im gegenüberliegenden Bistro einen Kakao trinken. Ich hörte euch im Treppenhaus. Ihr kamt durch die Tür. Du beeiltest dich, mich zu küssen. Sie warf mir ein flüchtiges »Guten Abend« zu und verzog sich in ihr Zimmer.

Deine Tochter tauchte erst zum Abendessen wieder auf. Ich fragte sie nach ihrem Tag. Sie antwortete höflich, war nie unfreundlich.

Für sie war ich die Frau ihres Vaters. Und um ihn nicht zu enttäuschen, betrug sie sich rücksichtsvoll. Sie half mir, den Tisch abzuräumen, und zog sich dann in ihre Höhle zurück.

Du folgtest ihr, und das Murmeln eures Geplauders drang zu mir in den Salon. Die Wunde schloss sich am Morgen, um am Abend wieder aufzureißen. Das Geschwür lähmte meine Gliedmaßen – eine nach der anderen.

Selbst mein Stachelschwein hatte mich nicht so gequält. Ich bat es zurückzukommen. Es war mir vertraut. Ich hatte es nicht immer unter Kontrolle, aber ich hatte mich an es gewöhnt ... Vielleicht war das der Grund, warum es Verstärkung angefordert hatte ... Die Bestie, die es sich als Ablösung gewählt hatte, war grausam und mitleidlos. Wenn die Qualen ihren Höhepunkt erreichten, musste ich mich setzen. Ich flehte sie an, sich zu mäßigen. Mein Flehen war umsonst.

Um sie zu bekämpfen, griff ich zu Medikamenten: Paracetamol, Aspirin, Entzündungshemmern. Meine letzte Rettung? Tranquilizer. Das erste Viertel versetzte die Bestie in Starrkrampf. Gegen das zweite kämpfte sie noch an. Das dritte ließ sie erlahmen, das letzte betäubte sie. Auch ich war entkräftet, rang nach Luft, kostete diese Augenblicke der Ruhe aus, matt aufs Sofa gestreckt. Von jetzt an schluckte ich beim kleinsten Warnsignal eine Tablette.

Deine Tochter war nach Hause zurückgekehrt, um mich für meine Fehler zu strafen. Das durfte ich nicht vergessen. In den Mülleimer mit der Tablettenschachtel. Ich litt schweigend. Parfümierte Vollbäder, Termine bei Friseur und Kosmetikerin, Anfälle von Kaufrausch, diese Heilmittel mussten genügen.

Ich stellte fest, dass ich gerne mein Kreuz für dich trug. Ich gefiel mir in meinem Martyrium. Mein Herz blutete. Meine Liebe zu dir blühte, durchdrungen von der Hitze meines Bluts. Diese Liebe, die mich dazu getrieben hatte, die deine aufs Spiel zu setzen. Diese Liebe, so schrecklich und doch so schön. Ich war es, die sie in meiner Nichtswürdigkeit pervertiert hatte. Dabei war sie so unschuldig, sie sollte nicht darunter leiden. Würde mein Blut sie nicht schließlich ertränken? Ich musste sie schützen. Sie in ein Kästchen einschließen, damit die Qual ihr nichts anhaben konnte.

Schritt für Schritt impfte ich mich mit dem Gift des Bösen. Immer nur ein Organ auf einmal. Auf der einen Seite meine Liebe zu dir, auf der anderen meine Qual. Meine Qual lieben, um dich besser lieben zu können. Ich richtete es so ein, dass ich wusste, an welchen Tagen du vor dem Tor des Gymnasiums wartetest. Ich postierte mich in einer Nebenstraße und folgte euch. Beobachtete euch. Von eurem Glück bekam ich akute Beschwerden. Wenn sich die Bestie aufbäumte, kehrte ich nach Hause zurück. Wenn du in ihr Zimmer gingst, schaltete ich die Stereoanlage, den Fernseher aus. Ich setzte mich in den Sessel, der ihrem Zimmer am nächsten war. Ich horchte, konzentrierte mich darauf, nichts anderes zu hören als euer Lachen, euer Murmeln.

Ich fühlte die ersten Beklemmungssymptome aufsteigen. Sie wurden stärker; ich schloss die Augen. Ich spürte das Bedürfnis, mich zu übergeben, die Wohnung zu verlassen. Meine Augen wurden feucht. Mein Körper zitterte. Ich klammerte mich an den Sessel. Meine Bedrängnis wurde unerträglich; ich beendete die Sitzung. Ich legte eine Platte auf, warf den Staubsauger an, drehte die Wasserhähne bis zum Anschlag auf. So viel Lärm wie nur möglich.

Von Tag zu Tag steigerte ich die Dosis. Jeden Tag hielt ich ein wenig länger durch. Mein Ziel war es nicht, unempfindlich zu werden, sondern in der Hölle zu leben, ohne meine Liebe einzubüßen.

Mein Stachelschwein war mit mir zufrieden und entließ seine Kollegin.

Ende Februar erhielt deine Tochter ihre Vorabiturnoten; sie waren ausgezeichnet. Wir gingen zur Feier ins Restaurant.

Beim Essen erzählte sie uns von ihren Plänen. Ihre Ausbildung im Ausland fortsetzen? Du hast nicht sofort geantwortet. Du hast deine Gefühle bezähmt und sie angelächelt. Wie alle Väter hattest du davon geträumt, deiner Tochter ein Freund zu sein. Und da waren diese verlorenen

Jahre aufzuholen. Und sie, sie ging ins Ausland. Du bist mit einem Schlag gealtert. Deine Zeit war vorbei. Sie musste ihr Leben leben. Du hast versucht, deinen inneren Aufruhr mit einem Scherz zu überspielen.

»Ist es vielleicht ein junger Mann, der dich dazu treibt, dich ins Flugzeug zu setzen?«

»Nein, Papa.«

Sie sah mich an, um mich vorzuwarnen, dass sie mir einen Schlag versetzen würde.

»Du bist der Mann meines Lebens. Das weißt du doch.«

Treffer. Versenkt.

»Ich möchte Anwältin werden. An der juristischen Fakultät wimmelt es von Leuten wie mir. Wenn ich mit meinem Studium fertig bin, wird es mehr Anwälte als Klienten geben. Ich muss die Beste sein. Die Welt verändert sich. Ich muss jede Chance ergreifen. Ich habe an mehrere amerikanische Universitäten geschrieben. Ich warte auf ihre Antworten.«

Ich sah dein Leben in deinen Augen vorbeiziehen. Dein Baby war erwachsen geworden. Ein kleines Persönchen. Ich konnte mir dein Gefühl der Ohnmacht vorstellen. Es nachempfinden. Ich fühlte dasselbe, wenn dir etwas ohne meine Hilfe gelang.

»Und du, mein Schatz, was meinst du?«

Ich hatte ganz vergessen, dass ich auch betroffen war. Seit Beginn des Abends hatte ich die Rolle des Zuschauers übernommen. Und jetzt trat der Moderator plötzlich aus dem Bildschirm heraus und fragte mich um meine Meinung.

»Es ist ihr Leben. Wir haben das nicht zu entscheiden.«

Treffer. Versenkt. Du hast besorgt ihre Hand ergriffen.

»Du bist doch erst 16 ...«

»Und nächstes Jahr bin ich 17. Reif genug, um allein im Ausland zu leben.«

»Hab Verständnis für deinen alten Vater. Wo wirst du da drüben wohnen?«

»Für den Anfang bei einer Gastfamilie. Danach sehen wir weiter.«

Ihr Gesicht hatte sich verhärtet. Du hattest nicht mehr deine Tochter vor dir, sondern eine entschlossene junge Frau. Eigensinnig. Dein Schaudern ließ erkennen, dass auch du das bemerkt hattest. Voller Zärtlichkeit sprach sie weiter.

»Papa, meine Entscheidung ist getroffen. Ich werde meine Meinung nicht ändern.«

Zutiefst getroffen, zwangst du dich bis zum Ende des Abends zur Heiterkeit. Nach den Besuchen in La Bourboule jetzt Reisen in die USA? Du seist noch nie in New York gewesen. Das sei doch die Gelegenheit. Du würdest dich ab Montag umhören, um eine freundliche Gastfamilie für sie zu finden. Und dann, wer weiß? Vielleicht würde sie einen netten Amerikaner heiraten. Deine Enkel würden zweisprachig sein. Wunderbar, sagtest du. Deine Fröhlichkeit stimmte mich traurig.

Mich beschäftigte ein anderes Problem. Wenn sie auszog, war es mit meiner Bestrafung vorbei.

Das hatte dieses Luder mit Absicht gemacht!

Ich wartete auf eine Gelegenheit, allein mit ihr zu sprechen. Vier Monate, um ein Duell zu erzwingen. Seit ihrer Ankündigung holtest du sie täglich von der Schule ab. Du wolltest die restliche Zeit mit ihr ausnutzen. Du gingst morgens früher zur Arbeit, und ihr kamt zusammen nach Hause. Ich hatte ihr ein ums andere Mal ein gemeinsames Mittagessen vorgeschlagen; sie hatte immer abgelehnt, Nachforschungen in der Bibliothek oder eine Verabredung mit einer Freundin vorgeschützt.

Als der Juni kam und ihre Kurse zu Ende waren, schloss sie sich in ihr Zimmer ein, um fürs Abitur zu lernen. Sie kam erst heraus, wenn sie dich durch die Tür kommen hörte. Ich wagte nicht, sie zu stören. Sobald sie mich ansah, floh ich. Sie richtete kein Wort an mich, aber ihre Blicke bohrten sich in meine Seele. Eines Nachmittags nahm ich, durch ein Gläschen Alkohol gestärkt, all meinen Mut zusammen. Ich klopfte an ihre Tür.

»Herein.«

Voller Beklommenheit betrat ich ihr Revier.

Dieses Zimmer machte mir Angst; ich hatte seit ihrer Rückkehr keinen Fuß mehr hinein gesetzt.

Sie saß über ihren Tisch gebeugt und schrieb. Sie machte sich nicht die Mühe, sich umzudrehen.

»Möchtest du etwas, Mama?«

Mit feuchten Händen setzte ich mich auf ihr mit Büchern übersätes Bett.

»Geht es dir gut?«

»Du bist gekommen, um dich nach meinem Befinden zu erkundigen?«

Sie drehte sich zu mir um. Einen Kuli im Mund, auf die Stuhllehne aufgestützt, musterte sie mich.

»Bist du sicher, dass du weggehen willst?«

»Ja.«

Ihre Antwort kam entschieden, unmissverständlich.

»Du bist doch erst ein knappes Jahr wieder hier?«

»Ich weiß, aber ich muss an meine Zukunft denken.«

Hin- und hergerissen zwischen dem Wunsch, sich an mir zu rächen, und dem, ihr eigenes Leben zu führen, hatte sie ihre Wahl getroffen, wohl wissend, dass mich ihre Abreise in eine schreckliche Lage brachte. Sie hätte mein Leben vergiften können, indem sie zu Hause geblieben wäre. Bei genauerer Überlegung war ich nicht einmal das wert.

»Willst du nicht noch mal darüber nachdenken? Du wirst uns fehlen.«

». . .«

»Er zeigt es nicht so, aber dein Vater ist ganz aufgelöst.«

»Mama, ich werde meine Meinung nicht ändern. Versuch nicht, mich davon abzubringen, das ist zwecklos. Entschuldige mich, ich möchte noch etwas lernen. Wir sehen uns zum Abendessen?«

Sie spielte die Gleichgültige. Ich existierte nicht für sie. Sie ließ mich in meinem Unbehagen schmoren. Das war ihre Rache.

Diese Unterhaltung hatte den Nachgeschmack von Wiederaufgewärmtem. Ich sah mich selbst mit meiner Mutter.

Die Rollen waren vertauscht. Ich bin einen Augenblick sitzen geblieben, in der Hoffnung, sie würde noch einen Ton, eine Silbe von sich geben. Mich beleidigen, mich schlagen. Sie blieb unerschütterlich, rührte keinen Finger. Ich habe ihr Zimmer verlassen. Besiegt.

Ich war wütend. Der einzige Mensch, der mich in die Flucht schlagen konnte, maß gerade mal 1,65 Meter. Und ich war die Erzeugerin dieser Ratte. Ich verwünschte sie. Sollte sie doch gehen! Ich brauchte niemanden. Ich würde mich auf eigene Faust züchtigen. Ich würde mich wieder ausschließlich auf mich selbst verlassen.

Sie bestand ihr Abitur und reiste gleich nach Bekanntgabe der Ergebnisse ab. Du hattest eine Familie für sie gefunden. Der Vater arbeitete wie du in der Werbung. Seine Frau war Hausfrau und Mutter. Sie hatten zwei Kinder, davon eins in ihrem Alter.

Am Flughafen hast du sie mit Ratschlägen überschüttet. Sie hat dir versprochen, jede Woche zu schreiben. Du würdest sie mittwochabends anrufen.

Eine freundliche Stimme verkündete, sie möge sich an Gate Nummer drei einfinden. Du hast sie in die Arme genommen. Du wolltest sie gar nicht mehr loslassen. Deine Finger gruben sich in ihre Schultern. Als du den Kopf wieder hobst, standen deine Augen voller Tränen. Sie kam auf mich zu, drückte mir einen eisigen Kuss auf die rechte Wange und flüsterte mir zu:

»Versteh meine Abreise nicht als Flucht. Wir haben uns nie nahe gestanden. Ich habe das bedauert. Ich bedauere es nicht mehr und hoffe, dass es dir bald wieder besser geht. Auf Wiedersehen, Mama, pass gut auf dich auf.«

21. Kapitel

Büßen, ich muss büßen. Welche Strafe kann ich mir auferlegen? Jetzt, wo deine Tochter fort ist? Ich habe meine Vollstreckerin entwischen lassen.

Vor dem Spiegel im Badezimmer sitzend. Das Schuldgefühl. Es beginnt an mir zu knabbern. Das ist nur der Anfang. Es wird sich mit diesem Picken nicht zufrieden geben. Sein Hunger wird wachsen. Erst knuspert es nur an mir. Dann wird es auf den Geschmack kommen. Angesichts des üppig gedeckten Tischs wird es sich mästen. Mein Fleisch zerfetzen. Meine Knochen abnagen. Es wird fett werden. Feist. Alles erdrücken, was ihm im Weg steht. Mich ersticken. Meine Gedanken werden erst noch spärlich tröpfeln, bis sie blockiert werden von meiner Reue. Der Stau wird sich in Stillstand verwandeln, Hupen und Alarmsirenen werden meine dem Erstickungstod ausgelieferten Überlegungen nicht retten können. Ich werde untergehen. All meine Ideen werden über mich hereinbrechen, wirr, alle auf einmal. Und unter ihrem Druck wird mein Schuldgefühl, zu beleibt, um noch behende zu sein, zerplatzen. Meine Gedanken, befreit, kopflos.

Ja, kopflos. Ich muss die Geschwulst aufstechen, bevor sie heranreift.

Mein Schmerz muss ein körperlicher sein. Mich geißeln! Deine Nagelschere! Deine Schere in mein Zahnfleisch graben. Etwas tiefer bohren. Ich stöhne. Na los! Ich will mir Schreie, Geheul abzwingen.

Und höre deine Stimme nach mir rufen. Ich spüle mir den Mund aus, finde dich im Salon. Es ist dunkel geworden. Ich hatte gar nicht gemerkt, dass es schon so spät ist. Du hast das Licht angemacht.

»Was machst du denn im Dunkeln?«

»Ich war im Bad.«

»Hast du schon zu Abend gegessen?«

»Nein, ich habe auf dich gewartet. Was möchtest du essen?«

»Ich bin noch in der Videothek gewesen. Wir könnten vor dem Fernseher essen?«

»Wunderbar. Was hast du ausgeliehen?«

»Komödien. Ich wollte mich auf andere Gedanken bringen.«

»Ich habe kalten Braten und Käse da. Ist dir das recht?«

»Sehr gut. Ich dusche nur schnell und komme dann.«

Wir reagierten beide auf gleiche Art und Weise. Wir hofften, die Heilkräfte des Wassers würden uns von unserem Unglück rein waschen.

Du hast dich aufs Sofa fallen lassen. Nur in Unterhose und weißem T-Shirt. Du bist schön. Das ist die Farbe, die dir bei weitem am besten steht. Du strahlst Sanftmut aus. Ich möchte mich an dich schmiegen. Mein Liebster, selbst das Alter hat dein Engelsgesicht nicht abblättern lassen. Du wirkst so rein ... Du bist so rein. Beschuldigt man das Lämmchen, Komplotte gegen seinen Hirten zu schmieden?

Vor dir krieche ich wie eine Laus. Eine Heuchlerin. Nur die Erniedrigung kann mich erlösen.

Hure? Mich zur gleichen Strafe wie der deinen verurteilen? Meinen Körper kasteien, der dir gehört? Ich werde mich aus Liebe zu dir zur Hure machen.

Ich mache mich auf die Suche nach einem neuen Vollstrecker. Mit dem Bus, die Linie, die zum Geschäftsviertel fährt. Schon auf der ersten Fahrt entdecke ich ihn. Er hat keinerlei Ähnlichkeit mit dir. Dunkel, die Haare sehr kurz, matter Teint, düstere Augen – er entspricht ganz dem Typ des Latin Lover. Ich steige an derselben Haltestelle aus wie er.

Er betritt ein Gebäude. Unauffällig hefte ich mich an seine Fersen. Den Aufzug bis zur zweiten Etage. Er verschwindet in den Räumen einer EDV-Firma.

Ich setze mich ins Café gegenüber. Er kommt erst nach zwei Stunden wieder heraus. Ich nehme meine Beschattung wieder auf.

Er geht mit schnellem Schritt Richtung Metro. Ich steige über die Schranke am Entwertungsautomaten. Ich habe keinen Fahrschein, keine Zeit, einen zu kaufen. Ohne dass er es merkt, begleite ich ihn bis zum Gericht. In der Vorhalle verliere ich ihn. Enttäuscht verlasse ich das Gebäude und wandere den Bürgersteig auf und ab. Meine Chancen, ihn wiederzufinden? Gleich null.

Da taucht er wieder auf! Meine Verfolgung geht weiter. Immer noch im Laufschritt führt er mich 100 Meter weiter, stößt eine imposante Holztür auf. Ich trete hinter ihm ein. Er läuft schnell, der Kerl! Außer Atem sehe ich ihn jenseits des Treppengeländers in einer Anwaltskanzlei verschwinden.

Offenbar arbeitet er hier. In den folgenden Tagen registriere ich seine Bewegungen und seine Arbeitszeiten. Wo wohnt er? Das kann ich nicht herausfinden. Abends muss ich dich zu Hause erwarten.

Ich passe mich seinen Gewohnheiten an. Mittags isst er oft allein in einem Restaurant in der Nähe des Gerichts, das er gegen elf Uhr aufsucht. Er begnügt sich damit, das jeweilige Tagesgericht hinunterzuschlingen. Nachmittags kehrt er entweder ins Büro zurück, oder er strolcht in der Gegend herum.

Ich muss mich zum Handeln entschließen. Irgendeinen Vorwand finden, ihn auf mich aufmerksam zu machen. Ich bringe es nicht fertig. Ich habe Angst. Zu Recht. Ich verstehe mich nicht mehr darauf, Männer zu verführen!

Meine Sinnlichkeit liegt unter einem Berg automatischer Bewegungen begraben. Mein Körper schwingt nicht mehr; er verkrampft sich. Meinem Blick fehlt diese arrogante Naschlust, die seit Erschaffung der Welt von der Mutter an die Tochter weitergereicht wird. Ich muss in mir das Verlangen nach einem anderen als dir wecken. Mein Martyrium auf mich nehmen.

22. Kapitel

Unwiderstehlich, ich bin unwiderstehlich. Die gute alte Methode der Autosuggestion.

Handtasche, Sonnenbrille, Zigaretten, Nagelfeile. Ein langes, ärmelloses Kleid, nicht zu tief ausgeschnitten, unten leicht glockig ausgestellt, hinten hoch geschlitzt. Ein gerade eben hervorschauender BH-Träger. Keine vulgäre Zurschaustellung, seiner Fantasie genügend Spielraum lassen. Ich bin unwiderstehlich.

Er betritt das Restaurant vor mir und setzt sich an seinen üblichen Platz. Ich setze mich an den Tisch gegenüber; die Sonne scheint mir voll ins Gesicht. Ein zusätzlicher Trumpf für ein genüssliches Katz-und-Maus-Spiel.

Die Kellnerin. Wie erhofft, hört sie mich nicht, und er bemerkt mich. Ein langer Seufzer, die Hand, die liebkosend über das Päckchen Zigaretten streicht. Das Studium der Speisekarte wieder aufnehmen und, von der Sonne geblendet, die Augen zusammenkneifen.

Ein erneuter Seufzer, angedeutete Leidensmiene. Die dunkle Brille aufsetzen. Er beobachtet mich mit amüsiertem Gesichtsausdruck. Mit der

Hand durchs Haar fahren. Die rebellische Strähne kommt wie gerufen. Die Frisur ordnen, indem ich die Brille nach oben auf den Kopf schiebe.

Die Kellnerin, und noch einmal das Spiel, ein Handzeichen in dem Moment, in dem sie sich umdreht. Seufzen, diesmal mit vorgeschobenem Schmollmund, und ein rascher Blick in Richtung meines Opfers. Er beobachtet mich jetzt aufmerksamer. Irritiert durch seinen unverfrorenen Blick frech zurückstarren. Er lächelt und beordert die Kellnerin herbei, die angeflitzt kommt. Er gibt seine Bestellung auf und sagt, indem er mit dem Finger auf mich zeigt:

»Ich glaube, die Dame möchte auch etwas essen.«

Ihm ein durch Hochziehen der Augenbraue unterstrichenes Dankeschön zuwerfen. Eine Portion Tomate mit Mozzarella bestellen. Mich katzengleich strecken und drehen. Ein imaginäres Haar entfernen, das sich dreisterweise auf meiner Schulter niedergelassen hat. Den Kopf heben. Achtung, unsere Blicke kreuzen sich.

»Vielen Dank. Ich fing schon an, mich zu fragen, ob ich überhaupt etwas zu essen bekomme!«

»Man muss sich schon durchsetzen, um sich Beachtung zu verschaffen.«

»Es gibt doch immer einen galanten Herrn, der einer Dame in Not zu Hilfe eilt.«

»Ich hatte bloß Angst, Sie würden vor meinen Augen verhungern.«

»Das ist nett, dass Sie sich solche Sorgen um mich machen. Sind Sie oft hier?«

»Fast jeden Tag. Ich arbeite gegenüber. Und Sie? Sie sehe ich hier zum ersten Mal.«

»Ich nutze den schönen Herbst, um ein bisschen zu bummeln.«

»Wenn die Kinder wieder in der Schule sind, tanzen die Mütter auf dem Tisch!«

»Meine Tochter bemuttere ich lange nicht mehr. Sie ist 16 und kommt nicht nur allein zurecht, sondern ist jetzt sogar in die USA gegangen.«

Er steht auf und setzt sich an meinen Tisch.

»Es stört Sie doch nicht, wenn ich mich hier einniste? Auf die Entfernung kann man sich schlecht unterhalten. Oder warten Sie auf jemanden?«

»Nein, ich bin allein.«

»Ihre Tochter ist schon 16! Aber da müssen Sie sie ja als Teenager bekommen haben?«

»Meinen Sie das ehrlich, oder sind Sie ein gewohnheitsmäßiger Charmeur?«

»Beides. Ich parliere nie ohne Hintergedanken mit einer Frau.«

»Immerhin sind Sie direkt.«

»Das ist eine meiner Qualitäten. Sind Sie verheiratet?«

»Wenn man so will. Und Sie?«

»Ich war es. Aber wir wollen nicht über unsere gescheiterten Liebesgeschichten jammern. Was machen Sie so im Leben?«

»Ich warte.«

»Worauf warten Sie.«

»Auf den Märchenprinzen.«

»Mein weißes Ross steht vor der Tür. Soll ich Sie entführen?«

»Morgen vielleicht!«

»Gleicher Ort, gleiche Zeit?«

»In Ordnung.«

»Bis morgen, Dornröschen.«

Ein netter Junge. Ich frage mich, ob ich ihn auch werde umbringen müssen.

Er ist nicht mein Typ Mann. Sein Äußeres gefällt mir nicht, seine Selbstsicherheit stößt mich ab, sein Gerede langweilt mich. Ideal als mein Kreuzweg.

»Sie sind zu spät.«

»Ist es nicht das Vorrecht der Frauen, auf sich warten zu lassen?«

Er bricht in Lachen aus. Zähne zu groß und zu weiß.

»Ich habe Sie gestern gar nicht nach Ihrem Namen gefragt?«

»Und ihn trotzdem erraten: Dornröschen.«

»Sie wollen ihn mir nicht sagen?«

»Nein. Und ich will auch Ihren Namen nicht wissen. Sollen wir die Spielregeln festlegen?«

»Ich höre.«

»Wir werden nicht versuchen, etwas übereinander zu erfahren. Wir duzen uns nicht. Ich werde die Unbekannte aus dem Restaurant sein und Sie der mysteriöse Playboy. Alle unsere Treffen werden sich zwischen zwölf und zwei Uhr mittags hier im Viertel abspielen.«

»Das passt mir gut. Ausgesprochen reizvoll für einen Spieler wie mich. Und es gibt ja jede Menge Hotels hier in der Ecke.«

Er ist in Gedanken schon dabei, mich flachzulegen. Umso besser. Das wird es nur noch schwerer machen, seine Avancen abzuwehren. Ideal wäre ein Vergewaltigungsversuch. Welch wunderbarer Liebesbeweis. Darum kämpfen, meinen Körper für dich zu bewahren.

»Woran denken Sie?«

»Sie reden von Hotel, aber wer sagt Ihnen, dass ich einverstanden bin? Eine Viertelstunde Spaß, die will verdient sein!«

»In drei Tagen werden Sie mich anflehen, das Bett mit mir teilen zu dürfen.«

»Wir werden sehen. Wie gedenken Sie das anzustellen?«

»Mein Geheimnis. Ein unfehlbares Rezept. Ich habe es von meinem Vater geerbt.«

Er heftet seinen gierigen Blick auf mein Dekolleté. Ich spüre seine feuchte Hand auf meinem Oberschenkel. Dieses starre Lächeln, diese gefräßige Miene und diese fette, schweißige Pranke. Brechreiz. Die Strafe ist gut.

Ich presse meine Beine zusammen, schlage sie übereinander.

»Sie sind zu schnell.«

»Sie spielen ein ziemlich gefährliches Spiel. Setzen Sie einem Kind aus der dritten Welt ein Steak mit Pommes frites vor und versuchen Sie dann, es am Zugreifen zu hindern; das gibt Ihnen eine Vorstellung von meinen Gefühlen.«

»Ich habe mich wohl in der Person geirrt. Ich will keinen Mann, der sich im akuten sexuellen Notstand befindet.«

Ich mache Miene, meine Sachen einzusammeln. Er packt mich am Arm.

»Warten Sie!«

Ich halte ihm die Hand hin.

»Also dann, mein Freund.«

»Ich bin nicht mit Frauen befreundet. Ich bin ihr Liebhaber. Sie haben mir den Mund wässrig gemacht; Sie ziehen sich zurück. Ich nehme die Herausforderung an.«

»Wann sehen wir uns?«

»Sie wollen mich schon verlassen?«

»Ich muss. Nächste Woche?«

»Montag, hier.«

Ein Taxi, schnell, zurück in unser Liebesnest.

Auf unserer Toilette kotze ich mir die riesigen, behaarten Finger meines Opfers aus dem Leib. Ich kann es nicht länger zurückhalten. Stecke mir den Finger in den Hals. Mich noch gründlicher erleichtern. Ich verachte meine Schwäche.

Meine besudelten Oberschenkel nicht abwaschen. Das Stigma bewahren, den Abdruck von Daumen, Zeigefinger, Mittelfinger, Ringfinger ... Keine Zeit, den kleinen Finger auszumachen. Die Tür schlägt. Du bist da.

»Mein Schatz, was ist mit dir?«

Mein verschwollenes Gesicht verbergen.

»Eine kleine Magenverstimmung.«

»Leg dich aufs Sofa und ruh dich aus. Ich lasse dir ein Bad einlaufen.«

Ich heule. Verzeih mir, mein Herz. Du nimmst mich in die Arme.

»Beruhige dich.«

Zum Glück zwingst du mich, ein Bad zu nehmen, trocknest mich ab, schläfst mit mir. Deine Zärtlichkeiten löschen die Spuren meines Opfers aus. Ich liebe dich so sehr. Vielleicht könnte ich meine Bestrafung beenden, eine Begnadigung wegen guter Führung.

Nein, ich habe noch nicht genug für dich gelitten.

»Hatten Sie ein schönes Wochenende?«

»Keine persönlichen Fragen, so lautet unsere Abmachung.«

»Entschuldigung. Ich war nur besorgt, weil Sie müde aussehen.«

»Mir geht es gut, danke.«

Diese zu perfekt sitzende Föhnfrisur, dieser zu

gerade Nasenrücken, diese wohl platzierten Fältchen und diese Schmachtaugen. Puh!

»Den Rollkragenpulli, haben Sie den an, um mich nicht in Versuchung zu führen?«

»Wer weiß?«

»Herrlich, das Spiel geht wieder los. Lassen Sie mich einen Augenblick fantasieren ...«

Er senkt die Lider. Ich schaue auf die Uhr. Diese Kreuzwegstation muss noch länger dauern. Er murmelt. Er hat eine Stimme wie die Moderatoren der Nachtsendungen im Radio.

»Sie haben einen Balconnet-BH aus schwarzer Spitze an. Calais-Spitze. Sie tragen Hose, und ich habe keinen Abdruck eines Schlüpfers gesehen. Ein String-Tanga ... ebenfalls schwarz und aus Spitze. Ihre Haut ist zart, weil Sie sie jeden Morgen eincremen. Sie ist straff, weil Sie Sport treiben. Glatt, weil Sie sich regelmäßig epilieren.«

Er sieht mich an. Verstört, ich bin verstört.

»Habe ich mich in etwas geirrt?«

»Ich habe eine Miederhose an.«

»Das glaube ich Ihnen nicht. Eine solche Geschmacksverirrung würde sich eine Frau wie Sie nicht erlauben.«

Ich fühle mich elend. Ein rascher Blick auf die Wanduhr des Restaurants. Weitere sieben Minuten herausgeschunden. Ich erhebe mich.

»Bis wann?«

»Da haben wir's wieder. Sie entflammen mich, ich fange Feuer, und Sie verlassen mich. Danke, lieber Gott, dass du mich nicht mit vorzeitigem Samenerguss geschlagen hast ... Sagen Sie mir einen Termin, und ich werde da sein.«

»Donnerstag.«

»Keinen Kuss?«

»Noch nicht.«

23. Kapitel

An dem Tag verspürte ich bei der Heimkehr kein Bedürfnis, mich zu übergeben. Keine Panik! Der Aufruhr würde noch kommen. Spontan legte ich eine Platte auf. Die ersten Takte überraschten mich. Die Beach Boys ... Ich hatte instinktiv eine fröhliche Melodie gewählt. Seltsam. Wenn du nicht da warst, bevorzugte ich Requiems. Mein Verhalten und meine Gefühle waren mir fremd.

Ich rief dich an, um dir ein Abendessen im Restaurant vorzuschlagen. Dann, weil es mich nicht in der Wohnung hielt, bin ich spazieren gegangen.

Ich schlenderte durch die Straßen; mir war leicht ums Herz. Dieses Gefühl hatte ich seit dem Tag, an dem ich deine Liebe auf die Probe gestellt hatte, nicht mehr erlebt. Meine Bestrafung begann, Früchte zu tragen.

Ein Schaufenster erregte meine Aufmerksamkeit. Was für ein herrliches Kleid! Ich betrat das Geschäft und verlangte, es anzuprobieren. Als ich es überzog, wurde mir bewusst, dass ich die von meinem Opfer beschriebene Unterwäsche trug. Statt darüber zu erschrecken, ließ ich die Szene im Restaurant genießerisch Revue passieren. Was war bloß mit mir los? Keine Sorge, ich war nur aufgeregt angesichts der Aussicht, mit dir zu Abend zu essen. Das Kleid würde dir sicher gefallen. Ich bezahlte es und ging nach Hause, um mich fertig zu machen.

Du hast über die Sprechanlage angeklingelt.

»Kommst du runter?«

Bevor ich nach unten ging, sah ich ein letztes Mal in den Spiegel. Mein Kleid war rot ... Ich hatte ein rotes Kleid gekauft ... Nie zuvor hatte ich Rot getragen ... Du hast noch einmal geklingelt.

»Wo bleibst du?«

Fiebrig stieg ich ins Auto.

Du hattest einen Tisch bei meinem Lieblingsasiaten reserviert. Deine Aufmerksamkeit rührte mich, und ich meinte, mein Opfer zu vergessen. Du hast mir von deinem Tag erzählt. Ich habe dich nach deiner Arbeit gefragt. Um welches Budget du dich gerade kümmertest? Eine Plakataktion, Fernseh- oder Pressekampagne? Arglos schob ich den schicksalhaften Moment hinaus. Er kam schließlich doch.

»Und du, meine Kleine, was hast du heute gemacht?«

Ich erdichtete mir einen mit Wohnungsaufräumen zugebrachten Vormittag und einen verbummelten Nachmittag. Statt meine Scham zu steigern, wirkte meine Lüge aufputschend auf mich.

Ich fühlte mich wie ein Teenager, der seinen Eltern einen Flirt verheimlicht. Dieses schmierige Geheimnis erfüllte mich mit einem merkwürdigen Kribbeln. Meine Seele, vom Unkraut der Gewissensbisse überwuchert, schmückte sich mit Klatschmohn. Schlimmer, das Gesicht meines Opfers ging mir nicht aus dem Kopf. Ich hatte Halluzinationen. Ich sah ihn überall. Ich konzentrierte mich auf dich. Ich kämpfte darum, ihn mit deinem Bild zu überdecken. Ein so heftiger Kampf, dass ich darüber in Ohnmacht fiel.

Als ich wieder zu mir kam, die Augen halb geschlossen, nahm ich dich nur undeutlich wahr. Ein dichter Nebel hinderte mich. Ich hob meine Hand zu dir. Meine Finger zogen die Umrisse deines Gesichts nach, deine Nase, deinen Mund, deine Stirn. Ja, du warst es. Ich war beruhigt.

Der Zwischenfall hatte dich erschreckt. Du hast mir zugesetzt, ich solle einen Arzt konsultieren. Ich drückte mich, indem ich dir versprach, mich auszuruhen. Du hast mir befohlen, liegen zu bleiben. Ich habe gehorcht.

Ich war nichts weiter als eine Nutte. Ein Schandfleck. Ich hatte leiden wollen, um dir meine Liebe zu beweisen. Es war nicht gerecht. Statt durch die Hölle zu gehen, hatte ich die Aufregung der ersten Verliebtheit wieder entdeckt. Und ich hatte dir wehgetan.

Ich war ein Monster. Ich empfand das Gleiche

wie vor 26 Jahren, aber für einen anderen als dich.

Meine Nächte waren ruhelos. Sie bestätigten meine Schlechtigkeit. Kaum hatte ich die Lider gesenkt, erschien mir mein Opfer. Er küsste mich. Ich presste meinen Mund auf seinen. Unsere Zungen tanzten Walzer, und ich gab den Takt an. Er liebkoste mich. Ich öffnete mich für ihn. Er nahm mich. Ich schrie vor Lust. Ich rang darum, mich aus diesem Traum zu befreien. Mein anderes Ich, die Heldin dieses Albtraums, wollte nicht loslassen. Diese Hure wollte nicht, dass er aufhörte. Sie verlangte nach mehr Küssen, mehr Zärtlichkeiten. Sie spreizte die Beine, sie schlang die Arme um ihn. Sie schrie: »Mehr, mehr, mehr ...«

Du hast mich aus diesem schlechten Film gerissen. Du hast mich in die Arme genommen. Den Kopf an deine Schulter gebettet, gelang es mir nicht zu weinen. Ich konnte dir nicht einmal meine Tränen darbringen. Obwohl du sie verdient gehabt hättest.

Ich bin nie zurückgegangen, um mein Opfer wieder zu sehen. Aber ich bin ihn nie wieder losgeworden. Von nun an war er der Jäger. Tagsüber suchte ich nach einem anderen Mittel, mich zu bestrafen. Lebenslängliche Zwangsarbeit? Abends täuschte ich Fröhlichkeit vor. Nachts scheute ich den Schlaf. Meine innere Ruhe war dahin; ich konnte nicht mehr richtig denken.

Dieser Zustand hielt ein Jahr an. Ich wurde von Tag zu Tag schwächer. Ich hatte nicht einmal mehr die Kraft, dich zu beschützen. Was sollte aus dir werden, mein Herz?

24. Kapitel

Bereit für die große Reise, Liebster? Beweg dich nicht. Ich habe das Gas aufgedreht. Liegst du bequem? Morgen früh werden wir in alle Ewigkeit vereint sein. Du wirst sehen, es wird alles gut gehen. Hab keine Angst, ich bin bei dir. Das ist, als ob wir ein zweites Mal heiraten würden. Eine unzerstörbare Ehe ohne Ende. Wenn wir im Paradies ankommen, werden wir uns ein ruhiges Eckchen suchen. Da werden wir uns einrichten, und alles wird von vorne anfangen, wie früher. Unser Tod war unausweichlich. Ich habe das Problem von allen Seiten betrachtet; es gab keine andere Lösung. Wenn ich mich umgebracht hätte, wärst du allein gewesen. Die anderen hätten deine Wehrlosigkeit ausgenutzt, wären über dich hergefallen. Sie hätten dir wehgetan. Und außerdem hättest du meinen Selbstmord nicht verstanden. Du hättest dich mit tausend Fragen gequält, dir dein Leben vergiftet. Nein, solche Wirrungen konnte ich dir nicht antun.

Wenn ich dich umgebracht hätte? Von Trauer niedergeschmettert, hätte ich echten Schmerz erlebt. Wie ich ihn mir vergeblich zu schaffen versucht hatte. Aber wie lange hätte dieser Schmerz seine Intensität bewahrt? Hätte die Trennung meiner Lebenslüge nicht die Krone aufgesetzt? Sie hätte mir Größe verliehen, mich in den Rang einer Witwe erhoben. Deiner Witwe. Ich hätte dich einbalsamieren lassen und dir unser Schlafzimmer geweiht. Das Zimmer wäre eine Kapelle geworden. Ein Heiligtum. Ich hätte es täglich besucht. Ich hätte vor deinen Fotos oder Gegenständen, die dir gehört haben, gebetet. Ich wäre verzweifelt gewesen. Traurig. Dann bewegt. Nur bewegt? Eine unannehmbar schwache Gefühlsregung. Also hätte ich mich eingeschlossen und mich vor deinen Altar gelegt, um zu sterben. Wir hätten uns schließlich wieder gefunden. Aber in was für einer körperlichen Verfassung hätte ich mich dir präsentiert? Ausgemergelt, gealtert, schlecht frisiert? Hättest du mich mit offenen Armen aufgenommen? Und während meiner Abwesenheit, was hättest du solange gemacht, da oben? Du hast dein Visum fürs Paradies, das ist sicher. Aber ich? Stell dir vor, Er schickt mich woanders hin. Also müssen wir zusammen gehen. Ich werde deine Hand nehmen und sie ganz fest umklammern. So fest, dass sie uns nicht trennen können. Wir werden eins sein. Riechst du das Gas? Am Anfang ist es etwas unangenehm, aber man gewöhnt sich daran. In ein paar Monaten wäre ich 50 geworden. Ein halbes

Jahrhundert. Eine der großen Niederlagen meines Lebens wird mein Wettlauf mit der Zeit bleiben. Heute werfe ich das Handtuch. Ich hisse die weiße Fahne. Ich gebe auf. Die Zeit hat gesiegt, aber es ist ein ruhmloser Sieg. Ich mache mich davon in eine Welt, in der es keine Sekunden, Minuten, Stunden mehr gibt. Und du mit mir. Mein Stachelschwein, das ist schon tot. Ich glaube, sein Ableben kann ich auf den Moment der Begegnung mit meinem Opfer datieren. Das Arme, ich habe es hart auf die Probe gestellt. Die letzte ist ihm wohl zum Verhängnis geworden ... Ein weiterer Grund, warum wir die irdische Welt verlassen müssen. Niemand wird mich mehr vor den Gefahren warnen, die dir drohen. Selbst der Anblick anderer Frauen verschafft mir keine Gefühle mehr. Weder Eifersucht noch Hass, weder Lust noch Argwohn. Ich fühle nichts mehr. Das letzte Mal, dass wir miteinander geschlafen haben, habe ich nichts davon gehabt. Ich habe dir etwas vorgespielt, um dich nicht zu kränken. Mein Kopf tut weh. Sicher das Gas. Es heißt, dass die Geistlichen, die Mönche, die Priester irgendwann in ihrem Leben ihren Glauben einer Prüfung unterziehen. Das ist notwendig, um ihn zu festigen. Manche folgen weiter dem Weg des Herrn, andere nicht. Ich bin eine abtrünnige Nonne. Ich habe meine Seele dem Teufel verkauft. Hoffen wir, dass der liebe Gott uns trotzdem aufnimmt. Du bist mir doch nicht allzu böse? Ich bin nicht immer nett gewesen. Du hast mich dazu gemacht. All mein Tun war von meiner Liebe zu dir geleitet. Diese Liebe hat mich schön gemacht, sie hat mich gelehrt, mich zu kleiden, zu kochen, mich hinzugeben. Diese Liebe hat mich zur Verbrecherin gemacht. Wir sind glücklich gewesen, alle beide. Ich bin glücklich gewesen. Sehr glücklich. Ich hoffe, du auch. Du wirst es mir morgen sagen. Morgen.

In einem Wäldchen bei Moskau wird die schrecklich zugerichtete Leiche einer Frau gefunden – der Kopf ist zertrümmert, ein Teil des Gehirns fehlt. Es ist bereits der zweite Mord dieser Art. Die Spur führt zu einer Tierversuchsstation, wo eine Gruppe von Wissenschaftlern Experimente an Menschenaffen durchführt, und von dort weiter ins Moskauer Museum für Vor- und Frühgeschichte. Dort entdeckt Nikita Kolossow, Chef der Mordkommission, menschliche Schädel, denen vor zigtausend Jahren die gleichen Verletzungen zugefügt wurden. Ist die Mordwaffe womöglich ein prähistorisches Werkzeug? Und warum sind stets ältere Frauen die Opfer? Der Polizeireporterin Katja Petrowskaja lassen diese Fragen keine Ruhe. Gemeinsam mit Kolossow macht sie sich auf die Suche nach dem Täter.

ISBN 3-404-14769-3

BASTEI LÜBBE